夕焼けが綺麗になってきたら春の予感。

フ[illegible]。

海鮮丼。お刺身で食べられる新鮮な魚が手に入る（左上）。お大根様さえ手に入ればカツ煮だって楽勝（左下）。いつかのクリスマステーブルも、Arabia、iittalaが大活躍（右）。

イースターにハロウィンにクリスマス。年がら年中仮装パーティ。

我々には、家中をクリスマスっぽくする義務がある。

そりは実はベビーカーがわりにもなる（左）。市内にいくつもあるスケート場（右上）。
スケート靴は叩き売りされている（右下）。

フィンランドは田舎ではなかった。職場は都会。

旗当番に失敗は許されない。

それでもしあわせフィンランド

芹澤　桂

幻冬舎文庫

それでもしあわせフィンランド

もくじ

それでもしあわせフィンランド

はじめに

フィンランド、というと最近はすぐに「ああ、幸福度ナンバーワンの国ですね」と返されるようになったぐらい、しあわせな国だと認識されている。この話題がのぼるたびに私はどこかむずがゆい。私自身は声を大にして「しあわせ！」などと叫ぶような性格ではないし、実際フィンランドに暮らしている人たちにこの話題を振っても「そんなにしあわせかなぁ」と首をかしげられることの方が多いからである。

それなのに本のタイトルにしあわせと入る運びとなってしまって今、大いに困惑している。しかも「しあわせフィンランド」と来た。暗いフィンランドの冬で鬱々と暮らしている人々に暗闇でサルミアッキを投げつけられないか急に心配になる。どうせ暖かい国からやってきた能天気な日本人が移住後間もないハイテンションでつけたタイトルでしょう、などと思われてしまいそうだ。サルミアッキ怖い。

しかし実際は、これだけは認めてしまうけれど、私は既にこの国に染まり始めてしまっているのだ。それを証拠に名物シナモンロールなんかに見向きもしない。拙著『やっぱりかわいくないフィンランド』の段階では、ちょっと夫の庇護下から出てフィンランド社会を俯瞰していたにすぎなかったが、その後あれよあれよとフィンランド社会に出ていく機会が増え、もう「幸福度ランキング？　そんなの知らなーい」と阿呆なふりもできなくなってきてしまった。

この本では相変わらずただの一市民のフィンランドにおける日常を綴っているだけなので、それをしあわせとするかどうかは読んだ方にご判断いただきたいと思う。もちろん、判断なんて堅苦しいことはしたい人だけすればいい、というフィンランドらしい自由さは残しつつ、の話ではあるけれど。

10

新年。フィンランドでローンを背負う

変化のある年にしたい、というような誰かの新年の抱負を目にした。それでいうと私の生活はいつも変化目まぐるしい。移住、結婚、出産、引っ越し、と並行する毎月の旅行。正直そろそろ落ち着いてもいいんじゃないかと思っている怠惰な性格と裏腹に、毎年何かしら起きる。

昨年は特に、新しいことが立て続けに起きた。一番大きな出来事は、家を買ったことである。フィンランドで。

移住してきたときは、とりあえずフィンランドを知るために住んでみよう、でも夫も私も他に好きな国はいくつかあるし仕事柄どこでも就職しやすいし、お互いの母国でない第三の国に住むのもいいかもね、などと話していた。

子供が生まれてからは学校教育の方針や教育費などからフィンランドの方に多少軍配があがりかけていたものの、一方でこの国の問題、もっというと低額で提供される医療やインクルーシブ教育の限界にも日々直面していたころだったので、まあまだまだこの国に骨をうずめる覚悟なんてしてないけどね、と斜に構えていた。フリーランスだったのも私の心持ちを自由にさせていた。サラリーマンの夫は夫で、万が一解雇でもされたら持ち家であるマンションを売って物価の低い国に引っ越すのもありだよねぇとのんびりしていた。つまりそこまで、フィンランドに住むということに執着がなかったのである。

そんな私のもとへ、とある仕事の話が降ってきた。書き仕事とは別のジャンルである。

幸運が舞いおりるというけれど、ひらりと突然、初雪みたいに目の前に降ってきたそれは、とてもわくわくする内容だったため、忙しくなるとかなんとかそういう心配はすっ飛ばして受けることにした。

まだ赤子に毛の生えた程度だった第二子の保育園を急遽探し、自分はきっと当分ならないだろうと思っていた会社員にフィンランドでなった私は、フリーランスの自由さとは引き換えにあるものを手に入れた。

何を隠そうそれは、ローンだ。

正確にはローンを組むための信用。日本でもフィンランドでも、私のやっていることは書き仕事だったりフリーランスのエンジニアだったりと、まあやたら胡散臭いものばかりでとうてい信用してもらえそうにない。資産もない。よってもし一人なら一生賃貸生活をするのだと思っていた。

しかしひとたび信用を手に入れると、前々から計画していた引っ越しにリーチがかかった。

なんせ今の家は狭すぎる。子供が就学する前にもう少し大きな家に引っ越さなければいけないのだけれど今度こそ長く住める家を、とじっくり家探しをすること数年。コロナによるファミリー向け物件への需要増加やら、そうでなくても都市部の人口増加やらで難航していた。しかし予算オーバーであきらめていた家にも、ローンという強い味方がついたことによって手が届きそうだ。

そしてついに理想的な家を見つけ、家を買い換えることにしたのである。

様々な事情で、これを書いている今もまだ新居には越していないので正直実感はない。肝心の契約もちょこっと仕事を抜け出し銀行に行ってサインしてきたらあら不思議、おめでとうという銀行員の言葉とは反対に借金生活が始まっていた、という感じ。それもローンの返済額が毎月口座からひかれていくぐらいで、その額もヘルシンキで月々の家賃を払うことに比べたら微々たるもの、実際のところ大きな変化もない、と思っていたのだけれど。

就職と家の購入を経て、私はこの国の地に根っこを生やし始めたらしいという実感がだんだんと湧いてきたのである。

かつて冗談で根無し草と呼ばれた話は『やっぱりかわいくないフィンランド』に書いた。しかし気付けば私は、どう見てもこの土地で根を張って暮らす人っぽくなりつつある。就業したので家が買えた、家を買ったので簡単に退職もできない、仕事と家があるから移住し直しも難しい、というように。

何といえばいいのだろう。盛り上がる気持ちももちろんあるのだけれど、戸惑いの方が大きい。そういえば結婚のときも面倒くさくなって「もういいよ、私がフィンランドに引っ越すよ」などと言ってしまったがためあれよあれよというまにいろいろ決まっていったんだっけ。あのときに似ている。

自発的に、活動的に動いているはずなのに、気づけば洗濯機の中でぐるんぐるん回されている古ぼけたタオルのような気持ち。しかもイメージは二槽式、脱水はどこで行われるのやらとぼうぜんとしている。

移住してきて数年、少ないけれど友人もできた。自分の口に合う店もいくつか見つけた。結婚して家族も増えた。それに毎日眠る家があって、その家には屋根もベッドもある。それだけでも充分幸せなのに、さらに目の前に現れたご縁や機会をありがたく頂戴しているうちに、どうやらこの先何年かはフィンランドに暮らすことが決定したようだ。そして今まで未知の世界であったフィンランド社会、フィンランドの労働文化の中へと足を踏み出しつつある。まるで他人の人生を見ているようである。

次回からはそんな戸惑いに溢れて溢れまくった、フィンランド企業での就業体験をしばらく綴っていこうと思う。

「フィンランドで働いてみた！」……いけれど仕事が見つからない

実際にフィンランドで働いた経験を綴る前に、求職体験について少し触れておきたい。

私は移住してきてすぐにでも働くつもりだった。

私のように結婚を理由に移住した人には入籍ののち市民権が与えられ、無職の場合は他のフィンランド国民と同様、ハローワークに似た職業斡旋（あっせん）所のお世話になることができる。その就業プログラムに従って語学研修や職業訓練を受けている間は、たとえフィンランドでの就業経験がないとしても失業手当が毎月数百ユーロもらえる。

近年ではだいぶ手厚くなったそのサービスを受けると毎日みっちり数時間の語学研修代は無料になり、希望する職種で無償での就業体験もできるらしい。

と書くと夢のようなサービスでそれは結構なのだけれど、私が移住してきた年、そのサービスはお粗末なものだった。

ちょうど難民が急激に増えた年で職業斡旋所はパンク状態。自分の経歴や職歴、技能を書いた書類を、サービスを受けるための申込書としてパスポートのコピーとともに提出したものの、1、2ヶ月はかかると言われている審査処理が終わったという連絡が待てど暮らせど一向に来ない。その処理が終わらないことには私は求人の紹介をはじめとするサービスを受けられないのだ。

こちらから連絡して確認すると、書類が提出された痕跡が先方にはないという。つまりパスポートの写しや名前や社会保障番号が書かれた書類一式を紛失されたのだ。幸い私の手元には書類を提出したことを証明する受領書があったのでまたさらに数ヶ月待たされることは免れたけど、大事な書類を紛失する管理体制の甘さに呆れかえって不信感を覚えたのはいうまでもない。

その後無事に書類が通って担当者と面談になった際も冗談のようだった。

斡旋所の担当者は求人市場を熟知している専門家だと私は信じ込んでいた。

面談室に入ると、緩慢な動きのふくよかな中高年女性が小さな椅子に座って私の話を聞き、必要なデータをデスクトップパソコンに入力していった。日本ではIT業界である種のエンジニアをしていたので同じ分野の仕事を希望、と伝えると「エンジニア……電子技師、とは別よね……？」と不安そうに私の目を窺う。

例えばアプリケーションエンジニアだとかネットワークエンジニアだとかの違いがわからない人は、いる。なんだかパソコンを使う人だよね、と混同するのが普通といってもいいだろう。それにしても実際に機械をいじる種類の電子技師と、デスクワークと、一緒にされそうになったのは初めての経験だ。その面談は就職への、希望への一歩のはずなのに、私に一抹の不安を残した。同じ担当者が今後も私に求人情報を紹介する手はずになっているからだ。

そして案の定その後しばらくして送られてきた求人情報は的外れなものだった。

折しもその頃、増えすぎた失業者と無職移民・難民の対策に、国が職業斡旋所の仕事を活性化する、と新聞で報じられていた。つまり今まで数ヶ月放置していたのをやめて、もっと頻繁に連絡を交わして手っ取り早く就業させるようにということだ。わかりやすいほどその通りに、担当者が突然「これに応募して」と指示してきた。そのポストは専門知識を要すると明記されているのに、私にはまったく経験がない。喩えるなら、今まで魚屋で魚をさばいていた人間が、君の店の隣には薬屋が確かあったよね、と薬剤師として働くことを勧められるぐらい、分野が違う。私の履歴書や職歴書の内容を担当者が1ミリも理解していないのは明らかだった。

職業斡旋所の指示に従っていれば毎月数百ユーロの失業手当がもらえる、それが必要な人には素晴らしい制度だと思う。しかしそんな経緯があり私は早々に斡旋所のお世話になるのはやめた。

今考えると、その後どうせその何倍もの税金を毎月払うことになるのだから失業手当でもなんでも市民の権利はありがたく享受しておけばよかったような気もするけれど、当時はそうするのが正しいと突っ張っていたのだ。

　それからしばらくは日本からフリーランスで仕事を見つけて生活費をまかない、国や市の助けではなく自費で語学講座にも通い、自分で求人情報を探して応募していた。

　応募に際し、英語で書いた履歴書をフィンランド人とアメリカ人の友人にチェックしてもらったことがある。すると彼らは私のなんとも退屈な、日本式の履歴書を英語にしただけの書類を見て、アドバイスをくれた。「もっと色を使ってもいいと思う」というのと、「偽名にしたら？」というものだ。

　恥ずかしいことにそれまで私は知らなかったのだけれど、巷（ちまた）に溢れる無料の履歴・職歴書テンプレートはどれもカラフルで、まるでウェブサイトのようだ。各色を基調にしたものだけでなく、スマートなイメージを与えるもの、暖かいイメージを与えるもの、など職種や自分の与えたい印象に沿ってデザインを選べるようになっている。もちろん企業側も、そんな色を使った書類を気にするということはない。当然手書きでなければいけないなどという決まりは一切ない。

　また偽名の案にも驚かされた。これは欧州で働くアメリカ出身の友人のアドバイスで、非現地人が求人に応募する際、名前を現地では珍しいものから現地で使われているものに変更することによって書類審査が通る確率が上がるという確固たる調査結果があるのだそうだ。また最近ではそんな名前による偏見をなくすべく、名前欄や国籍を見せずに審査にかける企業も増えているという。彼は私に、「不本意だろうし馬鹿げているとは思うけど」と一言添え、Katsuraの代わりに似たスペルのKate（ケイト）やその他フィンランドでも通用しそうな名前を使うよう助言してくれた。

この顔でケイト。キャサリン。フィンランド語のKatja（カティヤ）ならひょっとして行けるか……？と血迷ったものの、そこはどうしても抵抗がありやめておいた。第一、他の国に比べてなんとなーく鎖国的というか、みんな英語を話せますよというくせしてそんなに心は国際化されていないような閉鎖的・排他的なフィンランドの空気を嗅ぎ分け始めていたので、偽名を使うことで逆に反感を買いそうな印象だった。

しかしその後書類を適度に色がついたテンプレートで読みやすいものにし、さらに国籍は日本であるものの就労ビザはきちんとありますと明記したところ、書類審査に通る可能性がかなり上がったのは事実だった。

ただし書類に通るようになったからってすぐに雇ってもらえるとは限らない。次回は実際の面談経験を書き綴ろうと思う。

フィンランドで面接にこぎつけたら、そこには恐怖の「お菓子」があった

「フィンランドで働いてみる」ために、アドバイスを参考に（前回参照）履歴書をカラフルなものに変え、書類審査も通った。面接に招かれた。その段になって、さてどうしようと慌て始めた。私はフィンランドの面接事情なんて何も知らないのだ。

とりあえずもっとも身近なフィンランド人である夫に聞いてみるも、夫は転職が当たり前といっても過言でないフィンランドにおいて同じ企業に社会人一年目からとどまり続けている絶滅危惧種なのだ。頼りがいのかけらもない。質問してもネットで「就職面接　質問」などと検索していて私と同レベルだ。

とりあえず面接の中身は置いておいて、何を着ていけばいいのかアドバイスを仰ぐ。だってフィンランドですからね。相手がスーツである可能性は限りなく低いし、こちらがかっちりスーツで決めていったら気を遣わせてしまうかもしれない。日本だったら問答無用でスーツで楽だったな……と遠い目をしながら祖国を思い、クローゼットを開き、無難そうな服を物色し始める。夫と相談の結果、カットソー素材のジャケットぐらいなら着て行っても大丈

夫だろうと、それにつるつるしたプルオーバーとひざ丈スカートを合わせることにした。相手を萎縮させない、大丈夫という視点でオフィシャルな服を選んだのは生まれて初めてだ。

「とはいえ自分の着たいものでいいんだよ、ファッション業界の面接じゃないんだし」と夫には何度か慰めるように言われたけれど、日本でのきちんとして行かなければという考えが頭に染みついて離れない。

それから頼りになるネットでの検索結果に基づいて、質問されそうなことを頭に入れた。移住間もない頃だから英語での面接であったのには、フィンランド語を勉強中の身としては助かったといえよう。それでも当時は慣れないビジネス英語で頭がパンク状態になっていたのだけれど。

それから習慣についてもしっかり確認した。お茶を出されたら……？　フィンランドではクライアントの会議にシナモンロールなどの甘い菓子パン・プッラを出すことも少なくないと聞いていた。もしプッラを出されたら頬張っていいの……？　ビジネスの場で菓子パンにかぶりつくという経験は未知すぎて正直一番混乱した難題だった。しかし「たぶん面接ではコーヒーもプッラも出ない」ということで夫婦の予想が一致した。「万が一出たらおかわりはするな」と食いしん坊扱いのアドバイスも夫から飛んできた。

さて当日。面接会場、つまり街中のきれいなオフィスに向かうバスの中で、緊張しているのは私ではなく、やたらメッセージを送ってくる夫の方だった。まるで受験に向かう子供を持つ親のように「書類は持ったか」「こういうの聞かれるかも」「大丈夫、君ならできる」などと立て続けに送ってくる。うちの夫ってこういう人よね、とほほえましくなると同時にミュートした。今は集中したい。

全面ガラス張りのオフィスに着くとロビーでアポがある旨を告げソファで待つ。ロビーのカウンターの向こうにいるのは大柄な男性で警備員も兼ねているようだった。そういえばこご業界一位の本社ビル。なにやら場違いなところに来てしまったぞ、と体が告げるがもう遅い。そのうち担当者がオフィスフロアから現れ、面接が始まった。

大企業の第一次面接ということで、担当者一名のみと話をした。面接用に予約された会議室のひとつに入る途中、廊下にケータリングテーブルが出ていて、フルーツやケーキ、恐怖のプッラがそこに並んでいた……！　面接官の男性は柔和そうな笑顔を浮かべ「コーヒーはいかがですか」と勧めてくる。ちょうどその日社内でお祝い事があってケータリングが来ていたのだそうだ。コーヒーだけをいただくことにし、テーブルのサーモポットから自分でカップに注いで会議室に入る。プッラは勧められなかった、とほっと胸をなでおろす。

面接の内容は私にはなかなか目新しかった。今までの経歴や空きポストの実務についてざっと話したあと、

「5年後はどうなっていたいですか」

と聞かれた。今後のキャリア展望と共に人生プランも聞かれているような絶妙な質問である。ちなみに結婚したばかりだとは伝えたけど、子供の予定は、などという不躾な質問はもちろん聞かれなかった。

「あなたが人生の中で重きを置いているものは？」

これもよくある質問である。仕事やキャリア、と答えてももちろんいいけれど、フィンランドではそれは求められていないような雰囲気がある。私はこの質問を、日本式の詰め込み型勤務スタイルから脱してライフワークバランスをうまく取れるような人材か、力量か、試されているように受け取る。

もうひとつよく聞かれる質問として日本ではなかなかないのは、

「お給料はいくらほしいですか」

という率直なものだ。

実は私が二十代の頃働いた日本のベンチャー企業でも社長面接のときにこれを聞かれてびっくりした。日本では率直なお金の話は避けられる。しかし素直に「これだけほしいです」と自分でも少し多いかなというぐらいで答えると、「じゃあそれで」と採用が決まったことがある。

ここフィンランドでものちに交渉が入ることを想定して私はほしい額に少し色を付けて伝えた。相手がメモに書き留める。そして今後の面接の予定を知らされ、面接は終わった。

残念ながらその次に進むことはなかった。話しながら自分でも、求められている人材と自分との間に乖離があるのがわかったし、自分はここでは働かないだろうなぁと感じていた。しかし外国人であっても対等に扱ってもらったのは、当たり前ながら小さな驚きだった。

例えば何か少しでもプライベートなことに触れようとするとき、相手の面接官は「もし聞いてもいいなら」と遠慮がちに付け足していた。

私の場合、書類の名前と写真を見るだけで外国人なのにフィンランドにいそうな苗字でビザもあって、でもフィンランドに来てどのぐらいかわからない。そんな人間が目の前に来たら根掘り葉掘り聞きたくなるのが人間だろう。でも私が自分から言わない限り結婚や移住やルーツの話にならなかったのは、そこまで遠慮しなくていいですよーと言いたくなりつつ、気持ちの良い距離の取られ方だった。

また他の企業にも面接に呼ばれて行くと、そこでは日本人の自分を見たいだけだったのでは、という場面に遭遇したこともある。とりあえず書類で面白そうだし変わりどころも入れておくか、というような。そこは二次面接まで進むところだったけれど、スキル面で貢献できなそうだったのでお断りした。

そうこうしているうちに旅行しまくったり語学学校に通ったりフリーランスで仕事を始めたりで月日が流れ、更にいい歳になったので子供優先だよねと子を産み、結局フィンランドの企業で働きはじめたのは最近のこと、移住から何年も経ってからである。まさにオールドルーキー。

次回からはそんな歳いった新人の奮闘の様子をお届けいたします。

フィンランドでは上司も「呼び捨て」。さてメールは何が正解？

第二子が歩き始めて少し経った頃、知人の知人から、とある仕事への打診をされた。

子供がもう少し大きくなったら就職するのもありかも、と思っていたころで、予定より早いものの詳細を聞いてみるとその仕事の話は明らかに興味深く断れなかった。一言で言えば伝統あるフィンランド企業の若返りプロジェクト。ＩＴ分野の仕事もあるがそれ以外の仕事も多い何でも屋なポジション。伝統にとらわれず安定というぬるま湯につかることなく成長しようとしている企業、というのが興味をそそられた。

面接に行ってみると他の候補者は一切おらず、具体的にどうプロジェクトを進めるかの話に発展し、気付くと採用される運びになっていた。

フィンランドではこういうコネ就職はとても多い。いいポジションへの求人情報が公に出る前に知人間で決まってしまうという話は最初の就職活動の際に聞いており、何のコネクションもない当時の私のやる気を萎えさせていた。採用された今となっては直接声をかけてもらってありがたい話だけれど、つくづく知人レベルの小さいつながりの世界を信じて生きている人が多いのだと思い知った。

　余談だが、実は新居の購入も知人の知人に紹介されて実現していた。不動産屋に希望の地域や条件を伝えじっくり待つこと2年、内覧に何度も足を運んでも条件に合う物件はなかなか現れず諦めかけていたところへ、夫がたまたま訪れたマッサージの施術者の知り合いが、その地域で今度家を売るという。よかったら紹介しましょうか、と言われ話が進み、空き家広告が出る前に売買の契約を取り付けた。

　そのマッサージは会社の福利厚生で受けられるもので、マッサージ師が夫の勤務先を把握しており信頼してくれていたからこそ紹介につながったのだと思う。この国はコネであふれている。

　さて、いざ採用が決まるとできるだけ早く来てほしい、とも言われた。

　それまで家にいた第二子の保育園は、「親が就職や進学によって保育園を必要とする場合、申請から14日以内に地方自治体が提供しなければいけない」という決まりがあり、自宅からは少し離れていたけれど本当に14日以内に見つかった。こういうところは改めてこの国すごいなと思う。

　予定より早く子供を預けることになったけれど、それに対しての罪悪感は不思議となかった。

というのもうちの子たち、なかなか肝が据わっているのである。第二子はクラスで一番若かったのもあり慣らし保育から園のおともだちみんなに囲まれてアイドル気取りで、登園初日の朝に泣くことさえなく自分で「へいっぱ！」（じゃ、みたいな挨拶）と親に手を振り園に入っていいたたくましさだ。こっちが寂しいぐらいだった。

そうして晴れてフィンランドでの社会人一日目を迎えた日、オフィスに行くとノートパソコンとそれを入れるバッグ、スマホが用意されていた。オフィスワークの場合パソコンもスマホも会社から支給され、自分でどの型番にするか指定できる会社もあり、更にそれを私用化してもよい。

そのパソコンの設定などを済ませて一番に課せられた仕事は、「サインした契約書を送って」だった。

事前にもらっていた雇用契約書に署名をしてしかるべきところに送り返さなければならない。私が就職したのは従業員数１００人以上２００人未満の中小企業なので、そのしかるべきところというのは驚くことに直接雇い主、なのだという。

これはもう震えおののく。

何がって、この国フィンランド、メールや手紙を書く時の宛名に敬称を用いないのだ。

例えば就職前にのちの直属の上司に当たる人と履歴書や職務内容などメールを交わした際

の書き出しはこんな具合だ。

「ハーイ、ジョン」

下の名前をいきなり呼び捨てである。

もちろん言語上では英語のMr.やMs.に当たる言葉も存在するのだが、使われているのを日常で目にすることはめったにない。役所からの封書も、レストランの予約に対するお礼の返信メールも、結婚式の招待状も、すべて宛名は呼び捨てだ。よく言えばフランク。日本人からすると慣れるのにもんのすごく時間がかかる。

なおかつ時候の挨拶もめったにない。要点のみ。

してからに、私が雇われて最初の日の午前中に、まだ見ぬCEOに送ったメールも考えに考え抜いてこうなった。

「こんにちは、アンディ。

採用くださってありがとうございます。添付したのはサインをした契約書です。

よろしく。桂」

採用くださって、のくだりも夫に言わせれば「書いてもいいけれど書く人はあまりいない」のだそうだ。しかし契約書添付しました、だけではどうにも私の感覚が許せず一文添えることにした。CEOからの返信も「わが社にようこそ！」と呼び捨てや簡素なメール文を気にしている様子もない。

この数か月後に担当者が不在の間、カスタマーサポートの代理を務めたこともあるけれど、そのときもお客様＝神様からの問い合わせに対していかに単刀直入にまとめるか、もっというといかにフィンランド式にそっけない塩対応メールを返すかという課題は私を大いに悩ませた。その話はまたいつかするとして、次は皆さん気になる昼休憩やコーヒー休憩の話を。

コーヒー休憩、あなたは「話す派?」「沈黙派?」

フィンランドの職場にコーヒー休憩があることは以前にも書いた。一日2回午前と午後、昼休みとは別に15分ずつコーヒー休憩が権利として与えられているというのは有名な話で、私も会社員である夫から聞き知っていた。

私はコーヒーが好きだ。職場でコーヒーをいただけるなら大歓迎である。

しかし、実際のコーヒー休憩はちょっと思っていたのと違っていた。

まず私の勤務先は長い歴史をたどれば製造業から始まったもので、実際にやっている仕事こそオフィス業務で完全フレックス制であるにもかかわらず、その基本は工場のような時間割になっている。

つまり、朝9時半にいきなりコーヒー休憩なのだ。

私自身は7時半に仕事を始めて早く終わるのを好むためその時間でちょうどいいのだけれど、遅くやってくる社員の場合、9時前にばたばたと仕事を始めて少ししたらもう休憩時間だ。

もちろん休憩は好きな時間に取ってもいい。好きなタイミングでキッチン兼食堂に行ってコーヒーメーカーに淹れられたコーヒーを飲むだけであるし、コーヒー以外にお茶もある。

しかしこのコーヒー、大きい声では言えないけれど、ちょっとまずい。まずいというか苦い。渋いと言ってもいいかもしれない。酸っぱくもあり、古い味がする。

コーヒーはいつも決まって淹れてくれる方がいて、そのコーヒーの銘柄をさりげなく見てみたものの、ごく普通の市販品である。とするとこのまずさは器具の古さ、整備の悪さから来るとしか思えない。歴史ある企業ゆえだろうか、アンティークさながらのメーカーを使用している。

一度こっそりコーヒーメーカーのポットとフィルター部分を丁寧に洗ってみたけれど、結果は変わらなかった。

時間が経っていると風味が劣化するのは事実なので淹れたての頃を狙って行ってもみたものの、やはりそんなに変わらない。

かといってここは離職率のとても低い、みんな勤務歴10年、20年超えの古株だらけの巣である。このコーヒーいまいちっすね、などと言い出せるわけもなく、一日一杯だけカフェイン摂取のための薬だと思いいただくことにしている。

いつか出世したらコーヒーメーカーを新しくするのが当面の職場での野望だ。

そんなコーヒー休憩をはさみ、あと1時間と少し働くと11時。フィンランドではお昼休憩の時間である。とはいえこれも何時に取ってもいい。

大きな企業のビルにはレストランやカフェが入っていたりするけれど、私の職場はごくごく小規模でそんな素敵なものはない。

しかし小規模ながらいいところもあって、食洗機やコンロ、電子レンジのあるキッチン付きスペースがあるので、みんなそこで持参したランチを温めたり、冷蔵庫に食材を保存して調理したりと思い思いのランチスタイルだ。よってキッチンの棚に各種調味料も入っていれば冷蔵庫に牛乳やマーガリンなども常備されている。

私の同僚の一人はいつも簡単なスープをコンロで作って食べている。私は適当なお弁当を作って持っていく。それを好きな時間に取った30分の休憩の中で食べるのだ。食器類も一通りそろっていて自由に使っていいし使用後は食洗機にセットするだけ。なんというフリーダム。

とはいえ入社初日、キッチンに集った社員数名で大きなテーブルを囲み、私はそのフリーダム具合に戸惑っていた。

先に席についていた他部署の女性は、分厚いペーパーバックを片手に自分の皿に盛った昼食を取っていた。私が席についたときに軽く挨拶だけはしたけれど、彼女は本を読みたいのだなと話しかけるのはやめておいた。

次にやってきた男性社員も「やあ」程度の挨拶をして席につきテーブルの上に積まれている雑誌と新聞の山から業界紙を抜いて読みながら買ってきたサンドウィッチをかじり始めた。ちょうどコロナが流行っていた時期だったので、ああそっか、黙食推奨なんだ、と一人で納得し私も黙って自分の弁当をつつき始めた。別の同僚がお手製スープの鍋をかき混ぜる音だけがキッチンに響いている。

しかし、だ。その次に登場した女性は私を見つけるなりキッチンの沈黙を破って話しかけてきた。子供の保育園は見つかったの、日本ではどこに住んでいたの、などなど立て続けに質問がやってくる。他の人もそれを気にする風でもなければ、かといって会話に混ざるわけでもない。

またあるときは昼食時にずっと新聞を読んでいた同僚を、ああこの人は黙っていたい派なんだなと思い込んで放置していたら、休憩時間の最後の方に「ここに面白い記事が載ってるよ」と急に話しかけられて驚いた。

うちの職場はいつもそんな感じだ。話したい人は話すし、そうでない人は黙っている。しかし沈黙が気まずいわけでもなく他人を気にしない雰囲気にあふれている。

昼休憩はともかくフィンランド名物のコーヒー休憩というのは仕事を円滑にするための同

僚とのコミュニケーションの場と聞いていたので、この静かな休憩の模様に最初は驚いた。

しかし慣れてしまうとなんというか、ものすごく楽だ。職場に顔を出すのはそう頻繁ではないけれど、行くとなると私は静けさを楽しむようになっていった。家で仕事をしているとたいてい夫も自宅勤務で何かと話しかけられるし、子供が風邪やらなんやらで家にいることも多い。しかし職場では、お行儀は悪いけれど昼食をとりながら、もしくはコーヒーを飲みながら、活字を追うことができる。雑誌をぱらぱらとめくることもできる。休憩時間は自分のための時間で、それを不愛想なやつだとか陰で言われる心配もない。

休憩中に雑談を積極的にするのはもっぱら海外支社帰りの同僚か社員全体の2％にも満たない外国人社員のみで、少なくともうちの職場は静けさをものともしない社風らしい。フィンランド全体がそうだとは言わないけれど、どこの職場でも似たような話は聞く。

海外に住んだことのあるフィンランド人の知人は、こういった現象をこんな風に揶揄(やゆ)したことがある。

「英語で『How are you?』って聞かれたらフィンランド人は『Fine』しか言わない。そのあとの『thank you』はおろか、『And you?』なんていう相手を気にする言葉は絶対出てこないのよね」

さて、そんな個人主義の昼休憩もあわただしく30分だけ、そのあと午後にもコーヒー休憩が一度あり、15時には私は帰り支度に入る。

一般的な企業ではフィンランドでも8時間拘束、それも充分短いけれど私の職場は少し特殊な業界で正社員でも7時間半拘束となっている。つまり7時半に始業なら15時に帰れる。9時に始めても16時半には帰れるといった具合だ。15時半になるとオフィスの換気扇が運転停止になり静まり返るのでいやでも帰らなければいけないような気分になる。

早起きは子供の頃から苦手だけれど、早く始めることによって早く帰れるという当たり前のご褒美をもらえるようになって私は朝型になっていった。

フィンランド式、「良い残業」と「悪い残業」

仕事は15時半には終わる、などと前回書いた。まあ、間違いではない。特に幼い子供がいるうちはそうなるように朝早く仕事を始めている。

しかし、だ。例外の日ももちろんあって、最近我が家ではその例外の日の方が多くなりがちだ。

とある金曜日の17時半。本来ならお昼を食べ終わったタイミングで仕事メールの終わりに「んじゃよい週末を！」と店じまいムードを見せつけるフィンランドでのこと。

私は病に臥せっていた。子供からノロウィルスと思われる胃腸風邪をもらって吐き気に襲われ休んでいたのである。

狭い家であるから寝室にいてもリビングから夫と子供の声が聞こえてくる。リビングにあるプロジェクターでお子様向け映画を映し、子供らはソファに座らせて、夫はキッチンに避難。そこでノートパソコンを開きながら同僚と電話しつつオーブンに今日の夕食である既製品のラザニアを入れているようだった。電話をしている途中も仕事という概念を未だに理解できない第二子が夫にすり寄って抱っこをせがみ、食事をよこせと要求してくる、それをよけながら夫が同僚となんとか話そうとする。同僚の方も家族を連れてサマーコテージに向かう途中の車の中で、ああどっちも大変な週末の始まりだね、と力なく笑い合っている。午後5時半である。しかも普通の日ではなく金曜日。こんな時間に仕事をするのは、我が家では無粋とされ夫の会社では異常者扱いだ。すぐにワーカホリック認定を受けてしまう。普段仕事をし過ぎてとがめられるのは私の方で、夫がこんな時間まで仕事をするのは珍しい。

この日は例外で、昼間に本来私が行く予定だった第二子の通院に私の体調不良ゆえ、夫が代打で行くことになった。何か月も待ってようやく予約の取れた検査だったので絶対外すわけにいかない。保育園で子供がお昼ご飯を食べさせてもらったタイミングで迎えに行き、電車に乗って、検査までの時間に夫はファストフード店で自分の昼食をかきこみ、検査をして、また電車に乗って上の子を途中でまた別の保育園まで迎えに行って帰ってきたら午後まるまるつぶれていた、というわけだ。その分の仕事がおしていて、それがクライアント向けのトラブル対応だったから週明けに持ち越すわけにもいかず金曜の夕方に働いていたのだ。電話をしていた同僚も子持ちで同じような事情で遅くまで仕事の電話を受ける羽目になっている。

私の体調不良はともかく、子供がたった2人しかいない我が家でもこういった通院による残業イベントは毎週のようにある。喘息や皮膚科の通院、予防接種、定期健診、その他いろいろ、いろいろ。ほとんどの人が16時に仕事を終えるというのは、病院の方も当然16時以降はやっていないので勤務時間に中抜けして連れていくと、その分をカバーすべく遅くまで仕事することになる。たまたま通院がない週があったとしても子供が風邪を引いたりして保育園や学校を休み、邪魔されたりちょこちょこ遊び相手をして仕事がおす。子供関連以外にも家のリフォームの調整で各種業者との連絡だったり、自分の通院だったり、サービス業の皆さんも16時には仕事を終わらせるという影響でなんやかんや昼間に時間を取られることがある。

そうなると夫婦のうち一方が仕事を終えたタイミングでバトンタッチしてもう一方は別部屋に移動して残業モードに入るか、それだけでカバーしきれず子供が寝静まった後に仕事をするというわけだ。これは正確には残業ではないけれど、繁忙期で残業することももちろんあれば、私が他国との時差に合わせて仕事する機会もたびたびある。

夫婦ともに完全フレックス制で自由に仕事時間を組めるのは本当にありがたいのだけれど、夜遅くまで作業していると、夜遅くまで仕事をするのが良しとされない文化だからこそフィンランド名物のライフワークバランスってなんやねんと腐った気分になってくるのも否めない。

特に仕事を始めたばかりの頃はど新人すぎて勉強したいことや整理したいことが山ほどあ

った。そういう個人のお勉強、もっというと至らなさの補いを勤務時間にするのは良くない気がして私は夜や週末にしたかったのだけれど、夫から「夜間や週末にするなら上司に許可をもらい会社から手当をもらえ」と厳しいアドバイスが飛んでくる。もはや上司よりも私が実際仕事をしている現場＝自宅という同空間にいるのだから現場監督さながらである。

ここでの常識に照らし合わせると、時間外や週末を使わなければならない仕事はよっぽどの仕事で、家族との時間を犠牲にしてまで仕事をするのは大変遺憾、ということらしい。わかる、それってすごく大事だよね。私だって自分の夫が家族との時間を犠牲にして仕事してそのしわ寄せが自分に来たらいやだし、ちょっと前に夫が異動と昇進のばたばたで連日18時まで仕事していたときはおもいっきり目くじら立てつつ、これ日本で18時や19時に帰ってきたら超優良夫なのにと内心自分のフィンランドになじみすぎた思考を笑っていた。

だけど私はやっと就職をしてこれから一旗揚げてやるぜ！　的な気分のときに出端をくじかれたような気持ちだった。仕事をがむしゃらにしたい人の市民権がフィンランドにはない、特に家庭を持ってからは。どこかに書かれているわけではないけれど、休みをしっかり取って、それも会社から物理的に離れるだけではなくメールも見ず仕事のことを考えないようにして、余暇と仕事のバランスも大事にしてこそ一人前という風潮があり、それができない人材は知識や経験が足りないよりも「至らない」扱いをされる、ような気がする。リア充であれ、ってか。

さて、そんなフィンランドでも歓迎される残業というのもある。

働き始めて初年度はフィンランド名物の長い夏休みも与えられないという落とし穴があるのだけれど、私の職場の場合は「どうせ他の社員もみんな休みになるんだから他の日に残業してその分を休みにあてていいよ」と寛大な対応で、私も一年目から人並みに休むことができた。休むための残業なら大歓迎、という、あくまでも休みに重点を置いた考え方につくづく感心させられたものである。

フィンランドの会社には、みんなも大好きな「アレ」がある

フィンランドの企業に就職してしばらくは、リモートワークがメインで職場に顔を出す機会があまりなかった。よってさして大きくない会社のフロアを探検する機会もなく、自分に与えられた部屋と休憩を取るキッチン兼ダイニング、それから同僚の部屋を行き来するのみ。だから私は入社して何か月もあいつの存在に気が付かなかったのである。

とある日、いつものようにダイニングスペースで昼休憩を取っていた。すると同じビルを使っているグループ会社の社員がその奥の部屋へと消えていくことに気が付いた。

ダイニングスペースには大きな窓がありいつも外光が差し込んでいるけれど、その奥の部屋は物置のようになっていて薄暗く足を踏み込んではいけない雰囲気にあふれている。今は使われていない応接セットが隅に放置され、そのローテーブルの上にはなんと博物館もののダイアル式電話が置かれているのが休憩室のテーブルにつくと視界に入る。よって私は長い間その部屋を物置だと思い込んでいた。

しかしその物置部屋の奥にはコンクリートむき出しのテラスに出られる扉があり、一部社

員は煙草を吸ったり私用電話をしたりするのにそこへ出ていくようだった。テラスは一階の屋根部分で飾り気も何もなく屋外用の家具が置かれているわけでもないけれど、意外と広く50平米以上はありそうだった。会社にテラスがあるなんてなんだかおかしいな、と眺めた。だってフィンランドでテラスなんてバーベキューをするとかサウナのあとに涼むとかしか需要がない。確かに煙草を吸うには便利だけど。それとも夏になったらテラスで社内飲み会でもするんだろうか。

ところまで考えて視線を室内の物置部屋だと思っていた部屋に移すと、壁際に白い石タイルがはめ込まれた暖炉があるのに初めて気が付いた。会社に暖炉！　うわぁ、フィンランドっぽいなぁと今更ながら感心し、自宅にはなく憧れつつも手入れが面倒くさそうでなかなか設置にまで踏み込めないその設備をまじまじと眺める。ということはそこの物置部屋はもともとは談話室なのだ。きっと会社の古き良き時代、すなわち感染病やリモートワークがなかった頃は、この部屋でお偉いさんとお得意さんが薪をくべた暖炉の前で応接用ソファにゆったりと深く腰を掛けコーヒーまたはブランデーをすすっていたに違いない。

フィンランド語でtakkahuone（タッカフオネ）＝暖炉部屋と呼ばれるそれは、１９７０年代以前の住宅に多く、かつては一戸建ての地下室のサウナの横や別棟のサウナの隣についていたりした。そこで涼んだりお酒を飲んで語らったりする第二のリビングルームのようなものだ。

そこで頭の回転の遅い私はようやく気が付いた。暖炉部屋があって、アレがないなんてレイアウトがあり得るのだろうか。

ゆっくりと首を巡らせる。まるで犯罪者が社内に潜んでいると初めて気が付いたかのような緊張が体内に走る。社内にひとけは少なく、聞ける相手もいない。でも、まさか、あいつがこんな小さな会社にももぐりこんでいたなんて……。

そして見つけた、暖炉部屋の左壁。そこにはドアがあり、ドアの横にはしっかりとプレートが掲げられている。

「SAUNA」と。

自分の職場にサウナがあると初めて気が付いた瞬間だった。入社から半年以上が経っていた。

私の夫は超といってもいいぐらいモダンな職場に勤めている。鉄道駅直結の、フィンランドにしては高層ビル。誰かの仕事部屋や個人の机なんてものはもちろんなく100人以上が座れる開けた空間にフリーアドレス。その中央には最新式のエスプレッソマシンや炭酸水が出る蛇口のあるキッチン。ビル内にはもちろんルーフトップテラスに出られるサウナ。

そういう会社にサウナがあるというのはもちろん知っていた。社内のパーティーや取引先を招くのに使うのだ。若い人が多く、自由な社風ならではのものだと思っていた。

しかし私が勤める会社はその正反対、入社してから自分の部屋とデスクが割り当てられたと夫に話したら「時代遅れ」だと笑われたぐらいオールドファッションな、私は愛おしき古さだと思っている伝統ある会社だ。そんな正反対の企業にも、サウナがある。

後日こっそり中を見てみたら、トイレ1室とシャワーが3台、サウナはゆうに8人は座れるぐらいのスペースはあった。

今は感染病のせいで使われていないようだけれど、またいつかこのサウナも活用され、会社の人と裸の付き合いをする日がやってくるのだろうか。フィンランドに何年か住んで、そこまで親しくない人ともサウナを共にするというのにはだいぶ慣れたとはいえ、同僚や上司が相手となるとまた別だ。オフィスにただ顔を出すのもなかなか気が抜けない日々である。

ジェンダー意識、あれやこれや

フィンランドの企業で働いているといまだに細かいことで日々混乱する。日本だったらこうだけどフィンランドではどうなんだっけ。

この原稿を書いている今、腕がぷるぷるとしている。脚はがくがく。完全なる筋肉痛である。昨日職場にて、重い荷物を運んだのだ。

社会人になってからずっとIT畑や物書きという「実体のないものを売る」仕事ばかりしてきたので、具体的な商品がある企業で働くのは初めてだった。フィンランドに来てからも依然として私の仕事はITやマーケティングという、ものを生み出さないタスクばかりだけれど、たまたま他部署が作った製品をパッキングして写真撮影用にフォトスタジオに送らなければいけない案件が発生した。

箱詰めして送るだけでしょ、と甘くは見ていたものの、一応動きやすい服装で出向いたのは幸いだった。フィンランドの服装規定の甘さはそういう意味でありがたい。レギンスにぺたんこブーツでオフィスに行けちゃうんだから。

とにかく製品を巨大な段ボール箱（高さ70cm）に詰めること5箱分。これだけでもオフィスの物置を行ったり来たりして、座り仕事ばかりの私にはいい運動になった。最近のヘルシンキは昼間となると10度超え、日差しがぽかぽかと温かく、窓を開けてさわやかな風を感じたくなる程度には軽く汗ばんでいた。

箱詰めが終わると、女性の同僚がひょいと持ち上げて「……だいたい15kgね」と、そんなんでいいの!? とカルチャーショック満載の方法でひと箱の重さを量り、それを信じて運送会社のウェブサイトより箱のサイズと共に登録、ピックアップサービスをオーダー。初めてのことだったのでこれは同じビルに入っているグループ会社の倉庫番の男性と一緒に作業した。

登録が終わるとあとは他の荷物と一緒に階下の倉庫の搬出口に置いておけばいいよと教えてもらった。

この倉庫番の男性は40代後半、いつも穏やかで優しい印象だ。普段は私のオフィスのある2階ではなく1階の倉庫側で作業しているものの、たまに顔を合わせると笑顔で「モイ！」と挨拶をしてくれる、不愛想な、というより不必要に笑わないフィンランド人社員ぞろいの中で稀有な存在である。

しかしひと箱の重さをインプットしてすでに知っている彼が、荷物を階下に移して、と言ってそれっきりだった。ああこれは自分で運ばなければならないのだな、と私は腹をくくった。そもそも私の関与するプロジェクトだし。

15kgの箱が5つ。中には11kg程度のものもある。これを重いと捉えるべきか軽いと捉えるべきか私には判断が付かなかった。

基準はそんな大きな荷物を持ったことがあるかどうかだが、すくすくと成長中の我が子より軽い。同僚の女性だって細身なのに軽々と持ち上げていたじゃないか。じゃあ軽いってことだ。

かくして私は重い荷物を持って階段を降り、それを倉庫に置いてはまた階上に戻るということを5回繰り返したのである。腰の高さに持ち上げると箱は私の視界を見事にブロックし、なかなかのスリルを味わい2往復目にはすでに腕の筋肉が震え始めていたが、完遂した。

以前別の機会に同じような箱が届いたときには、廊下を数メートル移動させるのも男性社員が見つけて「手伝おうか？」と申し出てくれた。だから正直今回も誰かが通りかかって手伝ってくれないかな、とちょっぴり期待はした。

しかしこんなときに限って誰も通らない。もともとリモートワークがメインの社内で、みんな気が向いたときにだけ出勤してくるのだ。各部屋に区切られているオフィスは閑散としており、誰かをわざわざ個室から探し出して助けを乞うのは気が引けた。

だって助けを乞う相手探しにも迷う。自分はフィンランド人だらけの会社の中では小柄だけれど、だからといって女性相手に、自分の代わりに運んで、なんて言えない。じゃあ逆に男性ならいいかというと、そこの判断が私には付き兼ねたのだ。ここジェンダーギャップ指数上位国。自分に力がないからといって力仕事をお願いしていいんだっけ、自分の仕事を人に任せていたらできないやつだと思われるんじゃないか、などと。

最後の箱を運び終わり文字通りよろよろしながら自分のオフィスに戻っていると、途中、ようやく男性社員の一人とすれ違った。出てくるの遅い！　と内心恨み節を吐きながらもさわやかを装って「あの箱を運び終えたところだよ」と言うと、彼は驚きもねぎらいもしなかった。

男女がどうのというより、フィンランドではそのぐらい運べて当然、なのかもしれない。それか自分より体格の小さい者にとって15kgがどれほど重いか理解していないか。きっと後者だ。

「移民同士」の移民問題

ヘルシンキの地下鉄駅は古くさい。1980年代のメトロ開業当初からある駅のいくつかは老朽化も進んでおり改装工事ばかりしているわりに地上では忘れ去られたような、飴色の椅子が置いてあってラップにくるまれたサンドウィッチが売られているカフェや、大型チェーン店に吸収されそびれて携帯ストラップを売り続けている雑貨店などが、プラットフォームに降りる前の地下通路に残っていたりする。

そんな駅のなかのひとつ、大通りに面した入口から階段をひとつ降りたちょっとしたホールに私はエリックと立っていた。メトロから降りて来た人、今から乗る人で平日昼間だというのに人通りは多い。採光窓があり地下とはいえ5月の午後の、寒い外気とは裏腹に強気な日差しが斜めに入ってきて、メトロ駅のグレーのタイル床をよりみすぼらしく照らしていた。

エリックは「これを」と茶色い何かを差し出した。包まれていない本革の小銭入れだった。受け取って裏返すと観光名所なのか鮮やかな絵付けがしてあって、いかにもおみやげ物屋にありそうだった。彼の故郷の国のものだという。

「信頼してくれてありがとう」

エリックはそう言い、私は彼の仕事の手際よさにお礼を言った。

フィンランドで働き始めて思った以上に難しかった仕事が、外部の協力会社の選出だった。日本で働いていたときも開発会社などに仕事を依頼することはあったので、だいたいのやり方はもちろん知っていた。マッチングサイトを利用したり単純に検索したり知人から紹介を受けたりして選んだ数社から見積もりを出してもらい、最終的に依頼をする。

しかし実際に商品の撮影をする写真スタジオを選ぶタスクを任されてみると、小さい疑問にあたり続けてしまう。

まず、値段の相場がわからない。日本だとこのぐらいと思っていた価格が、フィンランドになるとだいぶ違う。そもそもフィンランドでは人件費が高いため、外部の誰かに仕事を依頼をすると日本よりかなり高くつく。この見積もり額は正当なのか……？　と調べまくることになる。

最終的にそこは会社のお金だからいいとしても、その協力会社が本当に信頼に足るかどうかの見極めも、なかなか難しかった。この会社怪しいな……という嗅覚が、外国だと鈍る。

例えば「わが社は絶対の自信をもって顧客を１００％満足させるサービスを提供します」などとウェブサイトに書かれていたら、日本だったら怪しいなと思う。アメリカだったら言いかねないなと思う。イギリスだったら、ドイツだったら、スペインだったら、と国ごとに判断基準は違ってくる。フィンランドの会社だったらそこまで自信満々に諂うことはあまりないのだけれど、経営者がフィンランド人じゃないとまた事情が違ってくるのでそこも要確認。LinkedInのレビューだけじゃなく従業員のプロフィールなんかも目を通す。

そうやって選んだ3社に見積もりをお願いした。それぞれ、

1、知人の紹介のフリーランサー、性格の良さは知人のお墨付き
2、過去に会社と付き合いのある大手、技術に信頼あり
3、ネット上で見つけてきた新規の会社、まったくの未知

という具合で1か2に頼むことになるんだろうな、と思っていた。しかし実際に出てきた見積もり額を比較すると3の会社が安く、会ってみることにしたのだ。それが冒頭のエリックの会社だった。

3人で回している小さな会社であり、エリックは中米の出身、その他の従業員もみな外国人だと彼らの会社のウェブサイトに書かれていた。

実際に会うまでの間、私は自分自身が移民であるにも拘わらず移民にお願いしても大丈夫だろうかと少し心配した。ここ数年フィンランドでも移民系の不法雇用のニュースが後を絶たず、ビザを発行するからと法外に安く雇ったり、ひどいケースでは従業員のパスポートを

雇い主が取り上げて国に帰れないようにしたり、という話はしょっちゅう耳にする。

しかもエリックの会社は時間単位で出す見積もり額が安いわりに工数も他の会社よりはるかに少ない。どういうからくりだろうと彼らのオフィスにお邪魔しテスト撮影をしてもらうと、なんてことはない、ただ働き者で熟練者というだけだった。

エリックはカメラマンで、フィンランドに来て会社を立ち上げる前に自分の国では大きな仕事をいくつも手掛けていた。経験はたっぷりである。それに加えフィンランド特有の、平日の仕事は16時まで、土日は当然働かず、なんなら金曜日の午後も早い時間にどろんするというような制約がない分、仕事も早いのだった。もちろん土日も働くのがいいこととは言わない。どちらかと言うとパートナー会社には無理をせずしっかり休んでもらえるスケジュールで仕事をお願いしたい。でも彼らはまったく気にしない様子だった。

結局私はエリックの会社を採用することに決めた。

何度もやり取りしていくうちに彼らの対応が非常に細やかで、仕事も早く、クオリティの高いことに何度も感謝した。こちらの手違いで混乱が生じたときも社員の一人が素早くカバーしてくれ頼もしいことこの上ない。関係ないけど彼らのオフィスのコーヒーも格別においしかったし、たまに顔を出すとちょっとした雑談も楽しく、みんなでフィンランドの寒い春をネタに笑ったりもした。

瞬く間に撮影は終わり、最後に彼らのオフィスを訪れたとき、最寄りの地下鉄駅まで私を見送りがてらエリックが例の革の小銭入れを渡してくれた。

「うちの会社を信頼してくれてありがとう」

とエリックは言い、私は一瞬で悔しさに苛まれる。聞けばエリックは数年前に起業したもののコロナや移民であることで、なかなか仕事を取るのは難しかったという。

フィンランド人の多くは英語を話し、外国人でも英語さえできれば仕事は見つかる、と言われている。しかしそれは建前で、実際に選択肢にフィンランド語と英語の話せる現地人と、英語とよくわからない国の言語しか話せない外国人がいて、技術や経験が対等ならば前者が選ばれるケースの方が格段に多い。これは私も就職活動で何度も肌で感じてきたことだ。

エリックの言葉は、彼にも移民であることを理由に信頼をしてもらえなかった経験が山ほどあるのだろうと私に感じさせた。こんなにいい仕事をする人たちなのにそんなどうでもいい偏見と毎回のように闘わなければいけないなんて、と自分が移民ビジネス云々を心配していたことはそっちのけに憤りを覚えた。私の狭い交友範囲で役に立てるかはわからないけれど、ポートフォリオを送ってくれたら拡散するよ、とも請け合った。

その後エリックと別れた帰りのメトロの中で、私は移民がこれ以上不当な偏見を受けないよう、自分自身が最上の仕事をし続けていくことを誓った。

フィンランドは田舎じゃなかった、ごめんなさい

先日ちょっとした機会がありよその会社の都心のオフィスにお邪魔した。都心、と言ってもここではフィンランドの都、ヘルシンキでのことである。

私の職場は郊外、家もヘルシンキ市内の端っこに今までは位置していたから、たまの出勤日に通勤バスに乗ると森の中を縫うように行きスーツ姿の乗客もまったく見かけないという、本当に通勤時間のバスなのかわからなくなるような風景が常だった。オフィスでも森ビュー、自宅でも森ビュー。通勤途中にはキツネや馬も見えちゃう。

それで私は再三にわたり、「フィンランドにはぜんっぜんスーツ姿なんておらぬ。服装もオフィスも洗練なんて言葉と無縁」と断言してきたのだけれど、都会に出向いて自分が間違っていたことに気が付いた。

私が訪問した、竣工してたった2年になるオフィスは、とんでもなく都会的だった。白く輝く受付カウンターにはタッチパネルがあり、出迎えてくれたその会社の社員がそこに訪問者名と会社名、ホストの社員名を入力、すると訪問客用の仮社員証のようなラベルがプリン

トされる。それをネームタグに入れ、ゲートにQRコードを読み取らせると、空港のセキュリティにありそうなゲートが開く。

オフィスエリアに足を踏み入れると窓を大きく取った設計の長い廊下が広がる。窓の反対側には会議室がずらり。ワンフロア全部がゲスト用の会議室なので小さいのから大きいのまで会議室しかないと言ってもいい。講演もできちゃう大きすぎる会議室、ホールもある。曇りガラスで中が見えることを除いたら小部屋が並んでいる様子はホテルの廊下のようだ。私が見ただけでざっと30はあり、でもオフィスの片側だけしか歩いていないから実際はその倍はあるのかもしれない。上階には従業員のみで使える小部屋も複数あるという。

おもしろかったのはその会議室にふられているのが「202号室」や「大会議室」などといった名前でなく、ヘルシンキ市内のエリアの名前だったことだ。日本で言うなら「中目黒」「桜新町」などの小さいエリア名。ここだけの話、会議室からいったん出てトイレに行ったら戻ってくる途中に迷いそうになったのだけれど、部屋につけられたのが番号より土地名であったのは覚え違いもなく助かった。

会議室の利用はやはり各部屋の入口についたタッチパネルで社員が使用目的と時間を選び、ホスト名を入力して社員証をぴっとかざすと鍵が開くようになっている。

受付のゲートを入ってすぐのところに100インチはあろうかという大型のパネルがあっ

て、どの会議室が使用中か一目でわかるようにもなっている。また社員は決まったデスクを持たないフリーアドレスであるゆえ、任意で自分の居場所をこのパネルおよび社員のみがアクセス可能なサイトに表示させることができ、同僚が社内を探し回るということがない。これはスマホと連携しているので移動してもアップデートの必要もないし、トイレに行くときは自動で表示されないという優れた配慮もされている。

トイレはもちろん男女兼用だ。廊下から見えないよう衝立があり、その向こうに各個室へのドアが並んでいる。個室内に洗面台も化粧台もあるのですべてがそこで完結する。最近フィンランドで建てられる建物にはこのように男女兼用のトイレが多い。

さて、このモダンづくしなオフィスで特筆すべきはバーエリアだ。上階の従業員のみが入れるフロアにも同じような設備と社食、それから電子レンジが何台もあるとのことだけれど、ゲストフロアにも大きなバーカウンターがあり、水、炭酸水が出る蛇口、巨大コーヒーマシンが2台ある。

普段自分の職場で淹れられる、胃の底をパンチしてくるようなフィルターコーヒーの味にうんざりしている私には夢のようだった。マシンのボタンを押せばいつでもマシンが勝手に豆を挽いてくれ、淹れたてのエスプレッソでもアメリカーノでもカプチーノでも楽しめる。コーヒー派でない人にはもちろんティーバッグも各種いろいろ。食洗機やごみ箱は棚一体型で表からは見えないようにすっきりとまとめられている。なんだろう、同じフィンランドの同じ都市でこの差は……と悲しくなったものである。

おいしいコーヒーを持って会議室に戻り窓の外に目をやれば、フィンランドにしては高いビルから市内の遠くまで見渡せ、オフィス街を歩くスーツ姿のパリッとした男性やヒールを履いたおしゃれな女性が見えるし、なんというかとてもきちんとした都会であった。

私はこれまで再三にわたって、フィンランド人は服装にこだわらず、全体が田舎っぽく、フィンランドのコーヒーはまずいと書いてきた。でもそれは私の周りだけだったのかもしれない。というか私自身がヘルシンキの森の中でひっそりと暮らすうちにそうなっていってしまっただけかもしれない。事実その日自分の格好を改めて見直すと、足元はスニーカー、レギンス、アクセサリーは着けず、かろうじてワンピースを着てはいたが会議の前に会食の予定があったからたっぷり食べられるようにと食いしん坊目的で選んだだけだった。仕事する気ゼロ。森から出てきたのが見え見えだ。

そんなわけで都心の近代的なオフィスで私はひたすら自分のローカライズされすぎた生活を反省したのである。

とっくにマスクからの卒業

フィンランドではとっくにマスク着用義務が終わり、公共交通機関でもスーパーでも人々の素顔が見えるようになった。観劇に行ってもマスク推奨はしているものの併設のバーでシャンペンやらフィンガーフードやらをふるまっているのでみんなマスクを外しているし、イベントの規制もなくなってきた。

となるとビジネスシーンで復活するのは何か。出張である。

そもそも私が今の会社に就職した際、面接のときに「海外出張もあるかもしれないけれど大丈夫ですか」と聞かれたのだった。しかしそれはコロナ禍真っ最中のこと。元気よく「大丈夫……というより大歓迎です！」と旅行大好き夫の趣味が長年一緒に暮らすことで伝染してしまったみたいな回答をしたものの、「こいつ遊びだと思ってるな」とばれたのか小さい子供がいることに気を遣われたのか本当にコロナ禍のせいか、まったく機会がないままだった。強いていうなら国内出張が数回程度。

それでも正直なところ、日本で働いていたときは出張にまったく縁のない、じめじめしたオフィスで日がな一日パソコンに向かっているような職種だったので、仕事で外に出られる、遠出ができるというのは新鮮だった。電車に乗っている時間も勤務時間になるなんてすごいなぁ、と変な感心の仕方もした。

それが最近になって、出張もようやく本格化。そろそろ来るのかなと思っていたところへ、「君、ちょっと飛んでくれたまえ」とお達しが来た。

それが私の人生初の海外出張となったのだけれど、なんと日帰りだったのだ。

……とせいいっぱい盛り上げてみたけれど、ま、フィンランドですからね。地理に強い人はお分かりの通り、海外なんてするりと行けちゃうものでして。

行き先はお隣の国スウェーデンの首都、ストックホルム。飛行機で1時間。

実際の飛行時間はたぶん40分ほどだから、間隔としては飛行機が離陸して上昇、そしてすぐに下降、着陸という感じ。なんならバスより気安い。飛行機代も確か、1週間ぐらい前に予約したにも拘わらず130ユーロ程度（約18000円）。

ちなみに私はフェリーでストックホルムに行くことに慣れているので、今回もそうしようかと検討した。日程的にはストックホルムにはお昼前に着いていればよかったので、前日の夕方にヘルシンキを出て、船の個室キャビンで1泊、寝て起きればストックホルムに着いてしまうという、時間はかかるけど気楽なプランだ。帰りもストックホルムで用を済ませて夕方に同じ船に乗ってくれればいいし、なによりこれだと朝の飛行機に乗るために早起きしなくて済む。フェリー代の値段も1往復・2泊でたったの50ユーロと飛行機の半分以下だ。

会社にとってもこれの方がいいんじゃないのと真剣に考えたけれど、せっかく日帰りできるところを2晩も留守にすることへの罪悪感の方が勝って、やめました。フェリーで出張ってなかなか乙だと思うので、次回挑戦しようと思う。

さて、そんな最大限に機会を生かして楽しもうとしている出張は、実は上司と行くことになったのだけれど、その飛行機もまずは予定合わせをしてから上司が自分の分を予約し「君も自分で取ってね」というなんとも個人主義だった。待ち合わせは空港のゲート。予約がバラバラなので席もバラバラ。なんという気楽さ。私が今まで持っていた出張のイメージとはかなり違っていた。

顧客にご挨拶に伺うための出張だったので、さすがにいつもカジュアルな上司もこのときぐらいはスーツかもな、と思ったら待ち合わせ場所に現れた彼はもちろん平服、足元はスポーティーなスニーカー。しかも仕事道具のノートパソコンさえ持っておらず、小ぶりのバッグに何が入っているのかと思ったら家から持ってきた手づくりのライ麦サンドウィッチだった。彼は空港のベンチに座ってそれをかじり出す。遠足か。

私はさすがに遅れちゃいかんと空港に早めに着いてゆったりとカフェでただ高いだけのサ

ンドウィッチと紅茶の朝食を済ませていた。服装は春用のジャケットを当日の朝まで用意していたけれど、5月なのにその日の天気予報は最高気温8度と寒すぎて家を出る直前に諦めてコートにした。すみません、取引先様。でもフィンランドの人々だから許して下さい。

しかしいざ搭乗口に行くと、平日朝に首都から首都へと飛ぶ便だからか、私が普段乗り慣れているリゾート便とはまったく違った様子の人々が揃っていた。だいたいみんな、ビジネスバッグか小ぶりのスーツケースを持ったスーツ族。ゲート前ではスーツをびしっと着た男女4、5人のグループが立ったまま輪になって機内持ち込みできるスーツケースのハンドルを台にしノートパソコンを開き、何やら打ち合わせている。スーツの団体と道端で立ったまま仕事する人という組み合わせをフィンランドで目にするのはほぼ初めてで頭の処理能力が追い付かない。彼らはきっと仕事をこなしているだけに違いないのに何か崇高なことをしているように見える。フィンランドの人々はそこまで熱心に仕事しないっていう思い込みはどこへやら。

前回の記事同様、自分の周りがカジュアルすぎるだけで、きちんとしている人はしているのである。

さて、しかしリラックスした上司と部下は、機内でおのおのにくつろいで、するりとストックホルムに降り立った。

スウェーデンに10年ほど住んでいたことのある上司はフィンランド語と英語の他にロシア語とスウェーデン語も流暢に話すので土地勘があると思いきや、逆に街中には出たことがないらしく、私の方が詳しかった。日本のガイドブックに必ず載っていそうな有名なカフェでの打ち合わせをアレンジしたのは私で、ここヘルシンキのあのカフェに雰囲気が似ていますよねとやはり観光地のカフェの話をしたら、彼はどちらも行ったことがなかった。私もなかなかの出不精だが彼も休みの日はサマーコテージに引きこもる典型的なタイプである。

午前の有名カフェでの打ち合わせのあとはお昼ごはんに適当に選んだベトナム料理店で麺類をすすり、もう一軒カフェで打ち合わせをしてたらもう空港に引き返す時間である。結局一日中何か飲んだり食べたりしただけで終わった。空き時間があったら資料作りでもしようと私だけは持ってきたノートパソコンの出番はまったくなかったから、遠足スタイルの上司の方が正しかったことは認めよう。

夏は「忘年会シーズン」

フィンランドは夏だ。今年は特に涼しく気温が25度も行かずに寒くてまったく泳げない日々が続いているけど、こっちが言い切ってしまえばそれはもう夏だ。

夏といえば忘年会シーズンである。何を言っているのかわからないかもしれないが、私もたまにわからなくなるから心配しなくていい。

簡単に言うと新学期が8月上旬から始まり一学年が終わるのが5月下旬であるフィンランドでは、夏といえばビジネスシーンにおいても一年の区切りの季節なのである。

夏休みが約ひと月と長いせいで、その前に集まってこの太陽光の当たる季節を祝っちゃおうぜ、と言わんばかりに会社関係の飲み会やらパーティーやらイベントやらがぐんと増える。11月下旬から12月半ばにかけても「ピック・ヨウル」（=小さなクリスマス）と称して飲み会が増える時期があるけれどそれに匹敵するぐらいイベントだらけになる。冬の飲み会シーズンも言ってしまえば日本では忘年会にあたるから、一年に2度も忘年している人々ってことだ。そのぐらい入念に年を、というか仕事を忘れて、長い夏休みやクリスマス休みに備えるってことなのかも。普段から仕事帰りに同僚と飲むという習慣があまりないフィンランドでは（みんな定時の16時で帰っちゃうので）、この会社の飲み会となるともうとことん飲む。

特に今年は、今までコロナで集まれなかった反動か、どの企業もなかなか派手にイベントを開催しているようである。

我が夫は顧客相手の部署にいるものの、客と頻繁に会ってご機嫌伺いするような役職ではないわりに、顧客も招いての飲み会だのチーム集まっての団結会だのにしょっちゅう招かれて羨ましい限りである。

飲み会といっても仕事帰りに飲んでおしまい、ではない。

よくあるのが船上レストランでのパーティー。港町ヘルシンキだからこそできる技で、レストランボートを借り切ってのお食事会で飲み放題食べ放題。気の利いたコースの場合にはどこぞの島に到着して貸し切りサウナにも入れちゃう。

そうです、ここでもサウナなんです。フィンランドの飲み会でサウナを避けて通れると思ったら大間違い。

また別の集まりでは、会社のルーフトップテラスを使って昼間からチームでバーベキュー。私生活に支障がでないように昼間から始まるところや会社にＢＢＱグリルがあるところはフィンランドらしくて好きだけど、バーベキューなんてわりと平凡な飲み会だな、と思ったらもちろん社内サウナが大活躍。食べ物も飲み物も持ち込みで、大容量パックワイン3L入りを6人で5本空けたというのだから全然普通の飲み会じゃなかった。酒豪たちの安上がりで愉快な昼下がり、とでも名付けようか。イベントスペースとはいえ、同じ会社の中でサウナ上がりの酔っ払いと普通に仕事をしている人が混ざっている図はなかなかシュールでもある。

また別のときは顧客も招いて郊外のアスレチック付きホテルに一泊お泊まり。アスレチックといっても侮ることなかれ。森の中の本格アスレチックでジップラインや綱渡りなど大人しか参加できないアドベンチャーにみんなで挑戦して親睦を深めようぜという催しだった。もちろん同じく森の中の空気のきれいな宿泊ホテルには本格コース料理とサウナと客室が付いている。そんな接待、されてみたい。

それから最近よく友人知人から聞く会社関係の催しに、有名シェフと一緒に料理を作りましょうというクッキング体験がある。会社のメンバー複数人で参加して、このグループは前菜、このグループはデザート、などとチームで分かれ、指導に従ってみんなでコースを仕上げるというものだ。作りながら素材や飲み物に関するうんちくも聞けて勉強になるし、おいしいごはんも食べられ、終われば形ばかりの修了証代わりにレシピブックをもらえるのだという。写真映えもするしシェフも自身の宣伝になる。流行っているのか何人かからそういった催しに会社で参加したよという話を聞いた。

似たようなコースに私も日本で参加したことがあったが、それは小学校の修学旅行で訪れた香川でのうどん教室だった。すでに用意されているうどんの生地を伸ばし、切り、茹で、食べたら最後に麺棒と修了証をお土産にもらう。その麺棒は大人になっても持ち続けて重宝したが、なんていうかレストランでの体験と比べてしまうとおしゃれ度が違う。羨ましい限りである。

また大きい会社だとよくあるのが、どこかステージのある会場を借り切ってケータリングを手配し、国民的人気を誇るミュージシャンも呼ぶというものだ。国の規模が小さいからできる技である。でも最近はこういう、有名どころを呼べる自社の経済力を誇示するようなやり方は格好悪いと敬遠されがちでもある。

これらの飲み会はどれも、もちろん参加自由だ。参加費は会社持ちだし、スキップしてもいい。毎月あるようなものではないし家計を圧迫もしないから家族も快く送りだせる。

さて、そんな飲み会情報が伝聞ばかりなのには訳がある。私の勤務先はイベントが極端に少ないのだ。あるのは夏休み前に社員が集う総会議ついでに自社敷地内にあるちょっとしたマナーハウスでの昼食会と、クリスマス前の街中での飲み会ぐらいだ。

しかし一度、イレギュラーな集まりが秋にあった。寒い秋の終わりに、更に寒いあのスポーツの観戦である。その話はまた次回。

男子はみんなアイスホッケー経験者

晩秋のとある平日、私は午後から一人でフィンランド南部にある地方都市へと向かった。ヘルシンキよりは内陸で、長距離電車には乗るけれどさして遠くもなく特段名物のない街。この地方に来たらこれを食べなきゃ、とか、限定品のこれを買って帰らなきゃ、というのがごくまれにしかなくどこへ行っても同じなのがフィンランドである。遠くさびれた街に行っても特に楽しみがない。

そこへやってきたのは他でもない、仕事だった。簡単に言うと接待兼親睦会。全国に散らばっている勤務先の社員一同がその地方都市へ集まって、飲み食いしながらちょっと雑談でもしましょうよという催しだ。

しかしその飲み食いの場は、アイスホッケー場なのである。

会社が地元のアイスホッケーチームのスポンサーになっている関係でＶＩＰ席での観戦に社員が招待されたのだという。正直言ってアイスホッケーはおろかスポーツ自体にもそれほど興味はないけれどＶＩＰ席はちょっと見てみたい。普段顔を合わすことなくリモートでやり取りしている同僚とも挨拶はしておきたいので、行くことにした。

行く前に、何もルールは知らないのはまずかろうということでアイスホッケーの概要をおさらいした。フィンランドのアイスホッケーと言えば、男子はみんな学校でやっているというぐらいメジャーな競技である。何人でプレーするかぐらい知らないとまずい。だって2022年のように世界選手権で優勝ともなれば道頓堀に阪神ファンが飛び込むがごとく中心地にある噴水で全裸で泳ぎ出すぐらい、熱心なファンがうじゃうじゃいるのだ。うっかり、サッカーと似ていますね、などとアホなコメントをしたらどこにひそんでいるかわからないファンに刺されかねない。

そうやってこわごわと予習しているうちに、ふと観に行く予定のホッケー場の情報が気になって調べてみた。アイスリンクであるからにはきっと寒いのだろうが、VIPルームは暖かいのだろうか。コートを着込むのか。それとも一応接待なのだからきちんとドレスアップしていった方がいいのだろうか。

会場のウェブサイトに行きつくと、VIPルームはガラス張りのようで一安心した。それにVIPルームは会場内にいくつかあって、ほう、さすが地元が力を入れて建てただけはあるなと感心する。しかしそのうちの一つに、寒いどころか暖かすぎるサウナ付きというものを見つけて私はおののいた。

どうしよう、ついにやってくるのか……？　コロナ禍でのらりくらりと躱して、いや、免れてきた「初対面でもサウナ」の機会が。しかも一度会って終わりでなくこれからも付き合いが続く仕事関係の人とのっけからサウナというのはなかなかきつい。

でももう行きますって言っちゃったし、夜の観戦だからホテルも会社持ちで予約しちゃったし、もうこれは行くしかない、と腹をくくる。

いざ会場に着くと、同僚はほぼそろっていた。社内の9割以上がフィンランド人という中に混じる私は異色で、初対面でもすぐに誰だか見分けてくれるのは自己紹介の手間が省けてよかった。これまでに遠隔仕事で絡んだことのある人たちに挨拶に回って、そのたびに「アイスホッケーは初めて？」とみんな優しいまなざしで聞いてくれるのでもうそこは初心者全開にして「初めてです」と答えておいた。これで私が例えば宿敵カナダの出身だったとしたらみんなの態度も違っていただろうけれど、とりあえず刺される心配はなさそうだと安心する。

気になるＶＩＰルームの中はこんな感じである。まず通常席へ続く廊下よりも階段数段をのぼって高くなっている廊下に入口がある。入ると正面にハンガーラックとＶＩＰ専用のトイレ。更に左手にある扉を開ければＶＩＰルーム。中央に楕円形の長テーブルがあり、右手窓際にもカウンター席がありホッケーリンクが見下ろせるようになっている。奥のガラス扉を開ければ観覧席へ出て座ることもできる。席は日本の野球スタジアムやコンサートホールと同じく、プラスチック製の折り畳み式のあれだ。室内にはドリンクを入れられる大きな冷蔵庫と料理の載ったビュッフェテーブル。以上。やった、サウナはない！

夕食が振る舞われたのは試合前の18時。乾杯し、和やかな雰囲気になったタイミングに聞いてみた。「サウナがあるVIPルームもあるみたいだけど、どうやってみんな観戦しながらサウナに入るんですか」と。

するとみんなもさほど詳しいわけではないらしく「中にテレビでもあるのかしら？」とか「いやいや、外で観戦して寒くなった体を温めたら裸にタオルを巻いてまた観覧席に戻るのだろう」とか推測タイムが始まった。もし本当に半裸の人が出てきて観戦して、うっかりテレビに映ったりしたらどうするのだろうと一瞬考えたけれど、そもそも全裸でも（勝ったときは）気にしない人たちである、普通に適当なモザイクで放映されるのだろう。

そうこうしているうちにいざ、肝心の観戦である。が、心地のいい室内から寒い観覧席にわざわざコートを着込んで出てみんなで観戦したのは1セット（ピリオド）目だけであり、その後の休憩にコーヒーとケーキが振る舞われるともうあとは室内から時折首を伸ばして観戦する人が大多数だった。聞けばみんなアイスホッケーにはそれほど興味もなく、私と同じく世界選手権ぐらいなら観るけど、という程度。そこに集った30名ほどの社員およびその家族のうち一人だけ元スポーツ記者でべらぼうに詳しかった以外は、ほぼ室内で雑談に花を咲かせていたという、なんともゆるいイベントだった。帰り道にもみんなで「楽しかったけど何かを観戦したって感じでもないわね」と笑った。だからこの職場が好きなのだ。

夏休みは「しれっと」「堂々と」とるもの

夏だ。夏休みだ。フィンランドの夏休みはやたらと長いなと知ってはいたけれど、いざ自分が休みをとり同僚にもとられる立場となると、長さだけでなく徹底した準備に脱帽してしまった。

まず、今までも再三書いてきたけれど、夏休みは平均で4週間ある。とはいえ就業初年度はタイミングによってそんなにもらえなかったり、シフト制の仕事の場合は細切れにとったりするからみんながまるっと1か月いなくなるわけではないけれど、4週間というのが一般的だ。羨ましいって思ったでしょ。本当に?

恐ろしいのはここから。小学校の夏休みは5月下旬から8月上旬までの2か月と1、2週間ほどある。つまり、両親のどちらも4週間夏休みをとれる職種、環境であったとしてもシフト制でとらなければならず、なおかつそれでも足りないのだ。なので子供が小さいうちは祖父母や親戚を動員したり、学童保育的なものに通わせたり、ボーイスカウトのような泊まりがけイベントに子供を送り込んだりとやりくりが必須になってくる。両親そろって休みがとれないというのも悲しい。

しかしそれでも休みはやってくる。

休みに入る前だが、日本だと何かと根回しが必要だった。何週間も休むとなると社内外への周知をし、何かあったときのための引継ぎ資料を用意して、極めつきは丁寧なメール。

「●日から●日までお休みをいただいております。ご迷惑をおかけいたしますが、何かあった際は下記へご連絡ください」

などと休み中に連絡が取れる番号まで教えちゃう。

しかしフィンランドの準備とは何か。まず周知なんてしない。ミーティングの予定を立てるときなどに話題に出ればしれっと「あ、その日は休みです」などと言うだけにとどめるか、こっそり共有カレンダーに書き込む程度のものである。いいようにとると騒ぎはしない、休み自慢をしないといったところか。だってみんな休むんだから、周りの反応だって「あっそ」くらいなものである。

そしてメールも自動返信機能を活用し、送ってきた人にだけ、

「●日から●日まで休みです。その間メールは見ません」

とそっけないことこの上ないメッセージを流すのである。

この「休み中にメールは見ません」宣言、怖いぐらいに氾濫していて、自動返信メールの

半数ほどにこの一文が入っている。ぶっきらぼうすぎて受け取ってしまうとこっちが「あ、すみませんでした……」と小さくなってしまうのだけれど効果は絶大である。そこまで言い切られると、知らずにメールを送ってしまっただけにも拘わらず、そういえばそんな致命的に急ぎの用事でもないしな、と思い直すきっかけにもなる。

それではそんなに長い休みをとって大丈夫なのかというと、大丈夫ではない。いや、正確には大丈夫ではあるが、物事は何も進まない。相手がお客さんであれ、パートナー会社であれ、フィンランド（および北欧）の企業に勤めていれば休暇真っ盛りの7月は打ち合わせができなくてもしょうがないし、請求書を送って支払われなくても仕方ないし、大事な決断はできないのが普通なのである。そして海外事業に従事している身としては「こんな事情なのですみません」と謝り倒すのも仕事である。

ちなみに休みに入るのはサービス業も同じで、観光地にあるレストランでも平気で7月は休んだりする。7月のフィンランドと言えば暑すぎず最高気温はせいぜい25度、晴れも多く、今がかきいれ時なのに！　と移住当初はその商魂のなさに歯がゆく思ったものだが、まあサービス業につく方々もそんな貴重ないい時期に働きたくもないのだろうと今ならわかる。

また、7月は首都ヘルシンキから人がいなくなるとも言われているからレストランだって閉めてもいいのだろう。実はこれまで何年も、その「人がいなくなる」実感がわいていなかったけれど、自分だけ7月に働いてみれば見事に誰にも連絡が付かないし、働き盛り世代かつオフィスワーク層の多い集合住宅に越してきてみれば本当に駐車場が空になってみんなサマーコテージやら海外旅行やら行っているようである。今日もたまたまパートナー会社の一人と電話で打ち合わせして、言われた最初の一言が「君がここ数日仕事で会話した初めての人だ」と驚きと自嘲に満ちたものだった。実は私もまったく同じで、それまで森の中の静かな湖の上を一人ボートで漕ぎ出しているような感覚を楽しみながら個人作業に没頭していた。それもまた夏の醍醐味である。

ちなみに我が家の夏休みはコンパクトに2週間だけとることにして、残りの2週間は秋に回すことにした。過ごし方も家族でのキャンプのみで特に飛行機や宿の予約もいらないのでいつにするかのんびりしていたら、私より少し大きな企業に勤める夫の会社では同じ部署内でみんなが一斉にとらないように休みのシフトを組まねばならず、当初希望していた週にとれなくなってしまった。更に休み直前に夫の同僚の一人が疾病休暇でいなくなってしまい穴ができたため、急遽1週間遅らせてとることにし、私の休みもそれに合わせて調整し、と少しばたばたしていた。当たり前だけどみんなが希望の日にとれるというわけでもないのである。

しかし私が上司に4月か5月の段階で夏季休暇のスケジュールを打診した際、「この日程で本当に大丈夫でしょうか」と恐る恐る聞く私に上司は「休みを取るのは君の権利だよ」ときっぱりと言い切ったものだった。この「あなたの権利」は上司・部下間でも、同僚間でも、友人間でもよく使われる言葉である。みんなで敢えてはっきり口にして、みんなで労働者の権利を守ろうという確固たる意志を感じる。

さて、次回は更に休みの直前の様子や、休暇手当なるものに触れようと思う。

夏休みは「前日」から始まっている

「フィンランドでは」と言ってしまうと私の周りだけだったときに赤っ恥かくので、この辺の界隈では、とぼかしてでも敢えて書きたいことがある。それは、金曜の午後遅い時間に会議を入れることは、なんとなく暗黙の了解でご法度となっているということだ。

よく日本社会には明記されていないルールがあって空気を読むのが大変、と海外出身の友人に言われるが、ここフィンランドでも同じだ。特に言わなくてもわかるでしょ、とばかりにふんわりした決まり事や、逆に決められていない事が多すぎて日々推測に苦労している。

そのうちの一つが金曜の午後ルール。お昼を少し回った頃から「じゃ、よい週末を！」と誰かがメールの末尾につけはじめ、櫛の歯が欠けるようにぽつぽつと人の気配がなくなり、誰からも返事がもらえなくなる。リモートワークがメインの私の勤務先ではそもそも金曜に出勤するのは少人数で、木曜の午後からすでに旅行先に飛んだりサマーコテージに行ったりしている人も少なくない。よって金曜の14時過ぎに会議でも入れようものならひんしゅくを買いかねない。

同じように月曜日の朝から働いているかどうかはわからないので朝一での会議も入れがたい。緊急の用事ならともかく、出勤を要する定例会議なんかはダメだ。絶対にダメ。入れてもいいけど、参加できない人多数になるだけだろう。

また、週末でなくても夏場の天気のいい日なんかはみんな仕事後にどこかに行きたくてうずうずしていたり、そのために早朝から仕事をして調整していたりするので、15時以降は捕まらないと思った方がいい。かくいう我が家も夏は夜中まで明るいのをいいことに、仕事を早く切りあげ子供たちも保育園に早めに迎えに行って、海に湖にプールに森にとここぞとばかり遊びまくっている。平日から動物園や水族館、遊園地に行くこともある。今しかできないレジャーが目白押しだから一日たりとも無駄にできないのだ。

というわけで普段の様子がそんなだから、夏休み前日ともなるともう大変だ。

社員の9割以上が明日から夏休み、という潔い休み方をしているわが社では、休み前日の午前中からもう仕事ができる人によって「休み明けにすることリスト」なるものが共有され、「みんなもうそろそろ連絡つかないだろうし休み明けは何もかも忘れているだろうから書いておくね。じゃ、素敵な夏休みを！」と添えられていた。繰り返すがまだ午前中であるのにすでに働かなくていい体（てい）だ。

私の仕事はいうなれば工程の最後の最後、社内で遅れが出ても間に合わせなければいけない、しわ寄せが一気に来るというポジションにあるので、本当に最後の最後まで粘るつもりでいたけれど、そのメールを見て一気に力が抜けた。あ、もうパソコン閉じちゃおう、と。実際に閉じはしなかったけれど、結局そのメールを皮切りに誰もメールを送ったり電話をかけてきたりはしなかったので、落ち着いて個人作業にかかれた。

社外の人からしたら「なんであの会社のやつらもう連絡つかんねん」ってなことになっているだろうけど、きっと彼らも「あ、明日から夏休みやったな。てか夏やし今日も天気ええしな……」でカタが付いている気もする。

ところで夏休みにはもう一つ、サプライズがあった。休暇手当が出るのである。休日出勤手当ではなく、休暇手当。ボーナスのようなもので、雇用契約に基づいているので会社単位や組合単位で支給額は違えど、要は「休みだと何かとお金かかるでしょ？」と会社からお手当がもらえるのだ。額は平均、一か月の給料の半分ほど、と言われている。これと別にボーナスが出る会社もあるので両方だととてもおいしい。

夏休みは通常有給休暇なので、なが〜い休暇を取って、通常通りの給料をもらって、なおかつ更に手当がもらえるなんて夢のような話だ。しかしフィンランドでは日本ほどボーナスがもらえることはまれなので、いざ受け取ってみると、「ま、ボーナス代わりかな」としれっと貯金に回してしまった。

ちなみにフィンランドで働き始めて最初の年に、給料までもが経理の夏休みにより前倒しで振り込まれたとき、それが休暇手当かと勘違いしてごっそり貯金に回してしまったのは、今では笑い話である。

天国の休み明けに待ち受ける地獄は万国共通

さて、みなさんそろそろ飽きてきたと思うけど、フィンランドの夏休みの話はまだまだ続く。なんたって長いから。長すぎてネタが豊富だから。

まず、休み明けの模様から。誰も出社してこないだろうなと決めつけていたら、うちの会社の場合は意外にもみんな出社してきた。これほどみんなが勢ぞろいすることは全社揃ってのイベントぐらいしかない、とびっくりしたほどだ。さすが、しっかり休んだだけあってみんな気持ちを引き締めまたこれから社員一丸となって頑張っていくのだな、と感動さえした。

しかし午後2時ぐらいになると誰からともなく「……今日はもうだめだわ」と早めのコーヒー休憩でぼやき、3時過ぎには「今日はこの辺でお手柔らかに済ませましょう」とみんなで頷き、ぽつぽつと帰っていくのである。正直なことこの上ない。そりゃあ、眠かったりだるかったりするのを無理に続けるよりも早めに帰って翌日に備える方が効率はいいだろうけど、そういうところだぞ、と拍子抜けした。

というのも私自身は他の社員よりも早めに夏休みを切り上げて先に一人で仕事開きをして

いたのだ。そして「みんなが一か月も休める素敵なフィンランド」の現実を見ていた。

私の休み中にはとっくにできているはずのデータが外部の会社から上がって来ていない。

担当者は入れ違いに休みに入って海外旅行という名の高飛びをしているので連絡が付かない。

「休みに入るのでできたとこまでしかやりませんでした」がまかり通っているのだ。

そんなゆるっゆるの土壌は、社内仕事にだけ通用するのだと思っていた。外部の会社に依頼しているこちとらクライアント様である。神様扱いはされなくてもせめて、納期は守ってくれるだろうと信じていたのがばかだった、と一人社名を背負って孤独に仕事開きした私は頭を抱えていた。

普段から「その仕事、間に合わなくても誰も死なない（だから家族との時間や自分の趣味の余暇を大事にして帰っちゃおう）」という空気をフィンランドの企業で感じていたとはいえ、ここに来てそのゆるさに怒り大爆発である。このデータが届かないとこっちのスケジュールにも大打撃だ。

そして本当に大打撃を受けた。

ギのこのこと休暇から戻ってきた外部会社の仕事はまたイライラとさせられるほど遅く、ギリのギリで受け取ったデータの処理に、私は貴重な週末をつぶすことになった。

といっても土日のうち土曜日だけ。日本で仕事したことのある人なら、この状況ではそんなの当たり前であるし特別でもなんでもない。自分の心持ちは、「あ、休みつぶれた」で済む。

しかし私はもう一つの関所にぶち当たる。「フィンランドでは家族で過ごす時間を仕事よりも何よりも大切にしており……」というお決まりの北欧神話。耳にするたび「いや、人それぞれだよ」とつっこみたくなるけれど、我が家の場合、どうやら当てはまるようである。

死んでも休みの日にメールチェックなんてしない生粋のホリデーマンである夫は、たとえ夏休み中でなくても、土曜日、それも夏の週末の一日がつぶれただけでブーイングの嵐である。

「キャンプに行く予定だったのに」

それは本当に申し訳ないけど近場だから日帰りにしてほしい。

「休日出勤の許可はきちんと上司に取っているのか」

いやだからみんな休みなんだってば。

「夏でしかも天気は晴れなのに仕事なんて正気か」

これが最大の理由らしい。正気だ。むしろおてんとう様次第で死に物狂いになって外に出ていく方が正気か。

真面目なことを言うと、ここで誰かが間に合わせないと全工程間に合わなくなる。私が関わっているのは地味なタスクだが、一年間、社運とたっぷりの予算をかけて取り組んできたプロジェクトで、これを失敗させたり、遅らせたりするわけにはいかないのである。

もっとおセンチなことを言うと、私は社内でもかなり珍しい外国人従業員で、リストラがあったら真っ先にクビになるものだと覚悟している。へまは許されない。もっと自分の経験やスキルに自信をもって仕事をしてもいいのだろうけど、自分自身が東京で働いていたときにあっさりとクビにされた外国人同僚を見ても何もできなかった無力感や、長年定職についていなかった負い目が今、自分の置かれた立場への猜疑心につながっているのである。

フィンランド企業に勤めるフィンランド人である夫が、たとえクビになってもおそらく同じような事業規模の会社での同じ条件および職種ですぐに仕事が見つかるのとはまったくわけが違う。土曜日がつぶれたぐらいでクビがつながるならお安い御用だ。

と長々と説明したら夫にもわかってもらえ、晴れて私は土曜日に長時間労働をし意地で仕事を終わらせ日曜日は朝から家族サービスに繰り出したのであった。

残業や休日出勤によって非国民もしくはワーカホリック扱いをされるのがフィンランドのやっかいなところである。

ちなみにこういうフィンランド企業の、依頼されたはずなのにしれっと遅れる、または品質の低いものを納めてくる、という場面には今年、嫌気がさすほど遭遇しており、そのたびに「それなら夏休みなんていらねぇ……！」と怒り狂いたくなったものである。

なんかこう、日本とフィンランドの中間の働き方ってできたらいいのにと思いはするもののまだ落としどころを見つけてはいない。

そして休日出勤申請。これもフィンランドの働き方に「残業には上司の許可が必要だからそうそう発生しない」と書かれているのをよく見るけれど、もちろん発生するところには発生する。そして表面上は申請が必要となってはいるものの、休み明けに上司に確認したところ、自由な社風のわが社では「社員が必要だと判断したら信じるから特に申請はいらない」とのことだった。この休日出勤分は休暇に回して消化する予定だ。

その仕事「できません」が言えた日

私が日本でIT企業勤めをしていた頃はIT最盛期、というかITブラック企業最盛期だったので、無茶なスケジュールで仕事の予定が組まれることが普通だった。

納期の直前となるとみんなろくに寝ていなくて、私よりベテラン、百戦錬磨の先輩猛者たちがばたばたとやられていくのである。体調じゃなくてメンタルを。

「もう絶対これ間に合わねぇ……」

誰かが深夜の静まり返った社内でぽつりと言う。そこから崩壊する。頭を文字通り抱えてうなり出す者、たばこ休憩に逃げ出す者、貧乏ゆすりが止まらない者。社内に漂うのは猛者たちの体臭……ではなく、幸いにもエナジードリンクの押しつけがましい爽やかさを伴った甘ったるい香り。

私はというと当時は20代で体力もあり、寝ないことに耐性もあったのでそこで「大丈夫、間に合いますよ」と大法螺吹くのが役目だった。自分の仕事が工程の最後の最後なので、自分さえ気張ればどうにかなるかもな、と楽観視していたのもある。そして極めつきにIT業界にはびこっているであろう魔王の呪文を吐くのである。

「万が一間に合わなくても、誰も死にません」

人の命に係わるアプリやサイトを作っていたわけではないから言えたセリフであるが、その言葉は納期直前の重圧感を少しは和らげていたと信じている。

そしてそこから十年以上も経て、フィンランドで働き出してからその概念が国中にはびこっていると知った話は前回書いた。外注しても顧客であるこちらに対して「間に合いませんでした」と平気で言ってくるのである。

しかし今回、自分自身が「できません」と言う場面がやってきた。

社内で「来週中にやっとくわ」と約束した仕事があった。しかし他にも優先すべき仕事が次々と襲いかかってきて、ついに約束した週の終わりに差し掛かった。もちろん約束したのは覚えている、しかしどうにもなりそうにない。やるって言ったんだから金曜の深夜作業か土曜日に休日出勤して片付けるか、ああまた上司の許可ならぬ家族の許可を取らねば……とため息をつきかけてふと気が付いた。

あれ、この仕事ってそんなに急なものだったっけ。

急ぎでないことはわかっていた。あったらいいな、という要望を実現するための仕事である。だからこそ後回しにしてずれ込んでしまったものの、そもそも自分が勝手に「来週までには終わる」と見積もって勝手に終わらせようとした話。その予想が外れたのは自分のスキル不足だと認める。それだけでいいんじゃないか。

そこで言ってみた。「できませんでした、翌週早めに終わらせて連絡します」。

驚くことにそれで済んだ。私にとってはおそらく初めて堂々と、間に合いませんでした、と言った瞬間だった。聞いたプロジェクトマネージャーも「じゃあまた来週！」と軽いものである。「自分でやるって言ったじゃねぇか」とか「終わってないなら残業して片付けていけよ」とか言われないというのは、よく考えたら当たり前なのであるが、日本の労働文化に慣れている私にはとても新鮮だった。

そこでもう一度、実験的に勇気を出してみることにした。

今度は出張の打診があった。行先は国内ではあるが午前中からの会議のため前泊が必要で、その会議は関係者が一堂に集まるまたとない機会らしい。しかし会社負担の交通費と宿泊費をかけていくほど中身のある会議とは思えなかった。ここのところ旅行と出張続きでろくに家で寝ていないので正直面倒だったし、同じ日の午後に子供の主治医と持病について今後の治療方針を決定する面談が入っており、夫に任せることもできるけれど私も出席したかった。

なので少し迷った末、出張の方を断った。

日本で働いていたときに頻繁に聞こえてきた「だから子持ちを雇うのは嫌なんだよ」など

という心ない陰口が耳の中で蘇る。

フィンランドではどうか。快く送り出してくれた、と書ければいいのだけど、少しねちっと言われはした。

「医者の予約を別の日にはできないの？　あなたが来られないのは非常に残念だわ、他の人みーんな揃うのにね。でもそういう事情ならしょうがないわね」

そして最終的には会議にリモート参加することで事なきを得た。

多少言われはしたが、断ったあとのすがすがしさといったらない。気分は断る勇気を手に入れてレベルアップした初心者である。引き続き、フィンランド社会人初心者脱却を目指していく。

母も一人旅に出たっていいじゃないか！　いいんです

リモートワークが常態化した今、こう考えたことのある人は多いのではないだろうか。

「遠隔で仕事できるなら、家にいなくてもよくない……？」

その通りだ、いなくてもいいに決まってる。

始まりは、独身時代によく日本からはるばる行っていたスコットランドのエディンバラだった。エディンバラでは毎年8月にフリンジという、街全体がお祭りになる行事が開催される。劇場、ストリート、美術館、博物館、教会、ギャラリー、大学にバー、どこをとってもショーや展示会やストリートパフォーマンスや芝居やコンサートだらけになり、数歩歩けば催し物に出会えるという観劇好きにはたまらない大規模な祭りだ。

そこへはフィンランドへ越してきてからも一度夫と行った（『意地でも旅するフィンランド』参照）。しかしエディンバラという街の造りは城が絶壁上にありそこへ向かって旧市街の街並みが坂道の上に所せましと広がり、階段や起伏が多くイベント中は人手も多くベビーカーでは難しいと、子供が生まれて以来毎年また行くことを検討しては諦めていた。そもそも観劇目当てなのに家族で行っても夫婦で交代でしか観劇ができず楽しみも半減だ。シッター代とイベント中のホテル代を考えると割高になるのも否めない。

そして今年。まだ幼児2人を抱えている身なので諦めかけたところに夫という名の神が私にささやきかけた。

「一人で行ってきてもいいんじゃない？」

最初は耳を疑った。何言ってんのこの人、私、幼児2人の母だよ？　母親が子供を置いて一人で、しかも遊びで海外に行く？

出張ならわかる。泊まりで子供を置いて出張したこともある。しかし普段から仕事で忙しくしているのに更に子供との時間を削ってまで遊びに行くなんて、道徳的に許されないと思っていた。

が、更に夫が言う。

「自分も何度か行ったし」

その通りだった……！　忘れちゃいない、第一子の出産予定日のすぐあとに大好きなアーティストのコンサートのチケットを取っていてハラハラさせられたし（予定日より早く生まれて大丈夫だった）、その子が1歳になる前と第二子が生まれてからもやはり毎年そのアーティストのコンサートのためにロンドンまで遠征しており、最近もドイツまで行っていた。

生粋の追っかけなのだ。その間私は当然一人で子供を見ていた。

恨み言を数えだしたらキリがないのでさっさと頭を切り替えて、もしも私も行くとしたら、と脳内で予定を立て始めた。このショーとこのショーは絶対観たい、これも観ておいた方がいい、間に美術館と大道芸と休憩を入れて、1日に4本以上ショーを観たら頭が疲れるので分散させて必要なのは1、2泊……いや、3泊。飛行機は……平日に行けば奇跡的に安い……！

私はこうなるともう迷わないタチである。その日のうちにホテルと飛行機とショーを予約した。一応のパフォーマンスとして夫に本当に行ってもいいのかお伺いを立てると、「もう子供たち2人ともそんなに手がかからないし、引っ越して保育園も近くなったし、平日なら保育園に迎えに行ってご飯食べて寝るだけだしまったく問題なし」と頼もしい回答が返ってきたのでもう遠慮しないことにした。父親が旅に出ていいなら母親だっていいに決まっているのだ。

水曜日に朝一の便で飛んで、昼前には着いて、ホテルで仕事をし時差を利用して現地時間の午後2時に仕事を終えて夜な夜なショーへ繰り出す。これを3日間。最後は土曜日の夜の便で帰ってくる3泊4日、完璧なプランだった。

唯一の難点は時差があるので朝5時に起きて6時前（フィンランドでは8時）には仕事を

開始する、ということぐらいだったけれど、体内時計がフィンランド時間のままだったので朝が苦手な私にでもどうにかなった。

会社の方はというと、正直に行き先と理由を話すと「楽しんできてね！」と私の一人旅を一緒に喜んでくれた。本当にリモートワーク様様である。旅先でオンライン会議もあったけど自宅で仕事しているのと何ら変わらない。これぞまさにワーキングホリデー。

一般的な母親なら心配するであろう子供たちのことも、自分でもびっくりするぐらい心配しなかった。夫が得意の大皿フィンランド料理・マカロニラーティッコ（炒めたひき肉・玉ねぎとマカロニをチーズ入りの卵液でとじるオーブン料理。私には不人気メニュー）を作って子供たちが食らいつく様子は簡単に想像できたし、普段から育児を分担しているどころか夫の方が多めに担っているのでなんの申し送りもいらなかった。旅行中、子供が私を恋しがるという場面も、清々とするほどない。相変わらず塩対応なお子様たちだな、と思いつつ、私自身仕事に観劇にと忙しくて子供たちのことをじっくり思い出す暇もなかったので、この親にしてこの子ありってやつだ。

昭和生まれの私は逆に、自身がその状況のど真ん中に置かれているというのに「すごいな、現代の母親って。こんな簡単に一人旅とかしちゃうんだ」といろいろ驚かされる出来事であった。

肝心の旅行や観劇の方はというと、もうとにかく楽しかった。ホテルで誰にも邪魔されず眠れるだけでもここ数年の睡眠状況を考えると贅沢だし、エディンバラはいつも天気が悪くて寒いのに奇跡的に晴れ続きだったし、大好きなサーカスカンパニーのショーは思わず何度も涙ぐむほど最高だった。

こんな簡単に働きながら海外に行けるとわかってしまったので、きっとまた行く。

気温もテンションも下がるフィンランドの秋だけれど

フィンランドの秋は存在が薄い。と思う。

今年の夏はいつになくいい天気が続き、これまで私が出会ってきたフィンランドの夏の中でもかなり最後まで頑張ってくれていたと思う。通常夏というと6、7月をピークに、新学期・新学年が始まる8月になると落ち着いてくるものだけれど、最後の最後まで頑張り屋さんのその夏は、8月最終週末まで奇跡の気温25度超えを叩き出しアイスクリームやビールの消費量に貢献していた。我が家も「この時期にこんないい天気のことないから」と最後のキャンプに繰り出し、海水浴場で泳ぎ、テラス席で食事をし、巨大アイスクリームを食べて、と夏の醍醐味フルコースをしてきた。

しかしその記録的に暑い8月の週末が明けると、しれっと最高気温は15度を下回る。

「はいっ、夏終了ですよー。いつまでも夢なんて見ていないでここフィンランドって思い出してくださいねー。おつかれさまっしたー!」

と言わんばかりの勢いで一夜にして秋になった。

気温が下がると同時に下がるのが、人々のテンションである。今年は特に、最高気温25度超えの数日後には連日最高気温13度近く、最低気温は5度から8度となったので、半袖のあとに羽織る薄手ジャケットの出番もないままキルティングやウール素材のミドル丈のコートを着る人が多い。朝晩は手袋も必要だ。この前まで身近であった夏が去ってしまった現実を受け止められず、また日の入りの時刻も早くなっていくのが手に取るようにわかるので、あまたあの寒くて暗い季節がやってきた、と鬱になるのが常なのだそうだ。

しかし、私はそんなフィンランド国民の沈みとは裏腹に、心の中でガッツポーズしていた。やっと夏が終わってくれた！　と。

夏は素敵だ。フィンランドの夏は特に、暑すぎずからっとしていて美しい場面が満載である。しかしその夏を言い訳に旅行大好き夫が西へ東へと毎週末旅に出たがるので、いくら週末のみの旅だとしてもすっかり疲れてしまった。せっかく新居に引っ越したのにまったく家にいないのである。夏の間、自宅のリビングのソファに腰かけた回数を私は覚えている。0だ、冗談じゃなく。

なので庭のリンゴがいよいよ盛りを迎えぼとぼとと地面に落ち夏の終わりが見えてきたとき、私は寂しさよりもやっと落ち着けると喜びを感じ、前述の夏終了コールにも「はいっ、おつかれさまっしたー！」と全力で答えていたのである。

そんな私を応援するように、フィンランドの秋にはよく雨が降る。

一日中降ることは稀ながらぐずぐずとした天気が続いたり、数分の土砂降りが南部のなけなしの熱気をさらって行ったり、なかなか傘の出番が多い。

足元はもうちょっとスニーカーで頑張っていたいところだけれど、とある朝、珍しく職場に出勤するときにちょうど強めの雨が降り出して仕方なくショートブーツを出したらもう戻れなくなり、9月半ばからずっとショートブーツを履いている。ちなみに同じ頃、東京の友人知人たちが「こっちもようやく涼しくなってきて30度です」だのとのたまっていた。

こちとらリンゴもすっかり盛りで今季何度目になるかわからないアップルパイだのクランブルだのを焼く日々である。家の中は常にシナモンの香りが漂い、このまま10月4日のシナモンロールの日に突入しようという勢いだ。30度を涼しく感じるのは自宅のサウナがすっかり冷めてしまったときぐらいだ。

それでも気温の下降に落ち込むことなく気丈に、紅葉狩りだの秋の小旅行だのを楽しんでいた。ぱきっと澄んだ空気の中で見る秋の街並みは華やかで、色付いた葉が通り雨でつや出しされているのを見るのも一興だ。今多少、肌寒く感じていたとしても、どうせすぐに何も凍っていないこの季節が恋しくなるに決まっているのだ。

しかし私はつい先日見てしまった。スーパーの菓子売り場に「Happy Holiday」と印字されたパッケージのチョコレートが売られているのを。ＩＫＥＡに行ったらジンジャーブレッドとホットワインの特別棚が作られているのを。

売る側は9月にして既にクリスマスを始める気でいる。その隣にはハロウィン用の菓子も置かれているから、両方同時開催でもしようっていうのか。メリーハッピークリスマスハロウィンwith落ち葉。全然関係ないけど、この物悲しい季節に次回は離婚の話をする。

結婚も離婚も、飽きたら我慢しなくていい

フィンランドの離婚率は高いということは何度か書いてきた。事実婚も入れるとその割合は7割以上にのぼるとも言われ、平たく言うとみんな離婚する。というか離婚しない方が少数派になる。

とわかっていたつもりでも、今年たて続けに友人家族が2組も離婚したのを目の当たりにして、さすがに衝撃を受けた。落ち込みもし、落ち込んだ自分にも驚いた。離婚なんてこの国では普通のこと、ジョギングを日課にしている人よりも明らかに多いだろうに、どうしてこんなにショックなのだろうと深く考えてみた。

前提として、フィンランドでの友人が離婚するのは今回が初めてでないことは言っておこう。今までも長年寄り添って小さい子供もいる夫婦が離婚したり、やはり事実婚ながら10年以上付き合っていたカップルが別れてごたごたに巻き込まれたりもした。

しかし今年離婚した友人家族のひとつは、私が移住以来親戚以上に親しくさせてもらっていた家庭だった。夫の幼馴染家族で子供も小学生3人がおり、お互いの家を行き来する仲だ

ったし、子守が必要とあればまっさきに頼り合う間柄だった。日本で挙げた我が家の結婚式にも来てくれた。奥さんは外国出身で、フィンランドでたくましくも職を得て子供を育てる姿は移住間もない私からすると理想であり、旦那さんも家事育児に協力的で家族仲睦まじくやっていると信じていた。

今年別れたもうひと家庭の方も、そういえば状況が少し似ている。こちらは1、2年に1度程度しか合わない間柄ながらも、やはり長く付き合っている家族だ。子供は10歳の子が1人いて、奥さんは外国出身である。旦那さんの方と主に親しいのだけれど、彼は大企業の管理職を務めながらも育児に積極的でどこからどう見てもいいお父さん、いい夫であった。奥さんもなかなかいい企業に勤めており、フィンランドでの生活に困っている風でも戸惑っている風でもなく安定した様子で、移住してきた私にいろいろとアドバイスしてくれたのをよく覚えている。それなのに、別れてしまった。

私の周辺ではこれらの最近離婚したカップルを含め、別れた原因は、「それぞれ別の方向を見るようになった」というのが圧倒的に多い。浮気や家庭内暴力など決定的な理由ではなく、それどころか日本の離婚原因にありそうな「家事育児にまったく協力してくれない」などといったものでもなく、「いろいろ合わなくなった」といったやんわりしたものだ。中には「もう好きではない」と交際期間中のような別れ方をした人もいる。はじめのうちはそれだけで離婚できるのか、と仰天したものだ。

しかしそれだけで離婚できちゃうのがフィンランドのいいところである。もちろん離婚はできればしない方がいいし、結婚にしろ交際にしろ続けていくための努力はある程度必要であるとは個人的に思う。しかし離婚をする際に子供がいることや経済的な状況が足かせにならず、主観で決断できるというのは非常にすがすがしいものがある。相手に飽きたら我慢をしなくてもいいのだ。

足かせが少ないと言えばもうひとつ、子供がいても共同親権が一般的なので、離婚後に子を失うということは少ないのだ。ごくごく一般的な離婚家庭では、子供たちが両親の家を1週間おきに行き来する、というものだ。これも法律ではなく離婚時の同意によって決定できる。共同親権はそれはそれで、離婚後も別れた相手と顔を合わせたり何かと話し合ったりとする機会があって明らかに億劫そうではあるけれど、親権を失う恐れゆえに離婚を渋るというケースが少ないのはよいことである。

では肝心の子供たちはというと、社会的にそんな感じであるから親が離婚するなんて珍しいことではなく、クラスの子の半数以上の親が離婚済み、なんていうのもよくある話だ。親が離婚すると周りの「親離婚済み友達」が「家が2倍になるからいいじゃん」と慰めてくれる、なんてエピソードもよく聞く。

しかし、だ。そんなドライで前向きなフィンランドでも、親が離婚して傷つかない子はほぼない、というのは書いておきたい。

自分の親が離婚したから自身は離婚は絶対したくないと心に決めているフィンランド人もいれば、弱冠４歳にして親の離婚を知らされてその後数日泣き続けていた子も知っている。

日本人の感覚からすると、子が傷つくのは避けられないのにそれでも離婚に踏み切る親が多いというのは少し信じがたい。しかし周りを見ていると、子供がいるからこそ、離婚する人たちも多いのだ。これだけ家事育児の分担ができている国なのに？　次回はそんな子持ち家庭の離婚パターンについて語りたい。

喧嘩するくらいなら別居婚がよろし

前回に続きフィンランドの離婚の話。

友人家庭の離婚パターンを見ている限り、子供の全員が小学校に入ったぐらい、もしくは上の子が小学校に入ったぐらいのタイミングでお別れしている家庭が非常に多い。

子供がまだ小さいのに、と最初は完全なる外野の立場から同情したものであるけれど、今ならわかる。子供が小さいうちだからこそ別れた方がいいと踏み切るのだ。

幼児は文字通り手がかかる。食事に着替えに排泄に、猫の手も借りたい状態が数年続く。それがようやく終わりかけてほっと息をつくタイミングで、きっと人々は自分の生活を見直すのだろう。このまま仕事を続けていいのか、この家に住み続けていいのか、と同じ軸で、この人と暮らし続けていいのか。

やがてたいていの人は気が付くはずだ。あれ、この生活別にシングルでもできるんじゃない？　と。

フィンランドの親で家事育児に協力的でない人がいないわけではない。しかし社会全体の風潮として、特別な理由がない限り成人した人間は自立し自分の身の回りのことは自分でするという考えが定着しているからこそ、「俺は嫁に全部やらせてる」なんて大っぴらに言う人はいない。

つまり、夫婦間の家事育児担当のバランスが必ずしも五分五分でないにしても、たいていの人たちは自分でやろうと思えばできるのだ。だからこそ、の離婚である。

我が家の夫はそれこそ絵に描いたような「家事にも育児にも積極的なフィンランド人男性」であり、それを日本の友人に言うと「さすが男女平等の国だね！」と感心されるけれど、男女平等であるからこそ女性もしっかり仕事をし、家事育児をこなし、発言権を持ち、その状態が離婚率をぐいぐいあげているのがフィンランドの現実である。

もちろん自立した女性が男性を捨てるパターンばかりではない。男性が「一人親になっても何も困りそうにない」と考えるケースもあるだろうし、男女ともに「週交代でも一人親で育てた方が意見がぶつからなくて楽」と離婚に踏み切るケースもあるだろう。

本にも書いたことがあるが、パートナーと子育ての方針が合わず、しかし人間として憎んでいるわけではないので国際別居婚を選んだ女性も知り合いにいる。彼女との会話で頻繁に出てくるパートナーに対する描写は決して恨みつらみをにじませたものなどではなく、いつでも穏やかだ。きっと別居していなかったらそんなに温かくパートナーについて語ることはなかったのだろうなと感じさせるほどだ。

また、シングルファザーとして週交代で二人の小学生を持つ友人は、子供が家にいる週こそ毎日のように宿題を見たり習い事に連れて行ったりと忙しそうではあるけれど、子供がいない週に思いっきり自分の趣味であるアウトドアに打ち込んだり海外出張を立て続けに入れたりしている。幼児の世話と仕事と家事でバランスを取るのに夫婦そろって日々あくせくしている身としては、そんなメリハリのある生活がちょっとうらやましくなる。「うちも週交代でやってみる……？」と夫婦間でよく冗談を交わすほどだ。

もちろんそんな穏やかな離婚生活をしている家庭がある一方で、なかなかにもめた離婚家庭もある。離婚後に住む場所で同意できなかったり、元奥さんの仕事の都合で週交代ではなく月一でしか子供に会えなかったり、子供がいなくとも共同名義で買った家がなかなか売れなくて別れたあとにも連絡を取り合う羽目になったり。

そんな離婚先輩たちを見ていて思うのは、これだけの離婚大国で生活するからには結婚時に結婚後の生活だけでなく離婚後の生活を思い描くぐらいしておいた方がいいな、ということだ。この人なら一緒に生活できる、なんて浅い読みではなく、この人なら離婚後もうまくやっていける、それを見据えて、思い描いて、シミュレーションして、準備してから結婚しないと痛い目を見るのだ。なぜなら一度結婚して子供を持つと、離婚しても関係が続くからだ。もちろん婚前契約はしっかり結んでおくこと。愛されている自分には優しいが敵には容赦ないというような相手は要注意だ。

そんでもって、たった数年フィンランドで暮らしただけで、移住当時結婚していた周囲のカップルがみんな離婚してしまった身としては改めて、結婚生活が数年続くだけでも感謝した方がいいな、ありがたがっとこ、と思うようにもなった。そもそも他人同士が何年も一緒に過ごすこと自体、離婚するより不自然なことなのだとさえ感じている。

たぶんこの先、友人たちがまた離婚しても今度はショックではなく自然な流れとして受け止めそうな気がする。ひとつ、フィンランド生活の山を越えた気分である。

御長寿カップルに学ぶ

フィンランドの離婚率は非常に高いと以前書いたけれど、それでも、長年連れ添っている夫婦に出会うこともまれにある。

知り合いのご夫婦はある年、親戚友人一同を集めてパーティーを催した。結婚50周年を祝うためだ。

彼らは夫の名付け親で夫のことを生まれたときから知っており、私も移住以来何かとお世話になっている。たまに遊びに行くと旦那さんは奥さんを「愛しい人」など甘いあだ名で呼ぶまれにみる仲睦まじさだ。

お祝いというのだからみんなで集まってご飯でも食べるのかなと軽い気持ちで招待状を見ると、場所は彼らの住む町の教会。

教会でやるというからには正装なのかと一応おめかしして行ってみると、フィンランド人ゲストの中にもやはり迷いがあったようで、普段着の人、ワイシャツだけとりあえず着てきた人などが入り混じっていた。男性でネクタイを締めている人は少数。それでも別に他の招待客から白い目で見られたりしないのが、ゆるいというよりはホスト、つまり50年連れ添ってそれをみんなと祝おうというご夫婦のお人柄なんだろうなぁと温かい気持ちになった。

さて、教会を借り切っての式はどんなものかというと、日本の金婚式、ちょっといい個室レストランで家族と食事、みたいなものを想像しているとちょっと違う。

まずゲストが教会に着席する。この時点からなんだかちょっと嫌な予感がしていたのだが、やがて聖歌の歌詞が参列者に回される。嫌な予感は言い過ぎだけれど、抜き打ちテストでなんの準備もしていなかったあの冷や汗が出る感じ。ただでさえ外国人ゲストは私一人というアウェイなのに、その上フィンランド語で知らない歌を歌わされる場へとこの日の趣旨が早変わりすることへの焦り。

ちなみにこういう、結婚式やお葬式でよく使われる賛美歌や聖書の一節というのは、今は宗教の多様化が進んで事情は違ってきたけれど、ちょっと前までは学校で毎週宗教のクラスがありきちんと習っていたのだそうだ。だから、みんな知っている。例外なく。私の周りには洗礼式と結婚式だけ教会で挙げてあとは通うこともしない、というカジュアルなキリスト教徒が多いのだけれど、そんな人たちもうろ覚えであってもなんとなく歌えちゃったりするのだ。

その後主役の夫婦が結婚式のように仲良く入場してきても、私の内心はいつこの手に握った歌詞の出番が来るのだろうとそのことばかり気にしていたのは秘密である。

それから主役2人は祭壇の前で再び愛を誓い、誓いのキスを交わし、みんなに「新郎」と呼ばれたご主人がゲストに向き合ってこう挨拶をした。

「これまでの年月と素晴らしい妻に感謝すると共に、まだ会えるうちに皆さんにお礼を伝えたくてこの式を開きました」

続いて牧師も祝辞を述べて、ついに賛美歌斉唱をして（口パクで乗り切った）、教会内と同じ建物にあるホールへ移って「披露宴」となった。


ゲストにお礼を伝えたい、という主役の言葉通り、背の高い窓から光が差し込むホールにはおいしいお料理とお酒が用意されていた。

50年も連れ添っているご夫婦だから、孫もいれば結婚当初からの付き合いの旧友たちもいる。同窓会のような、夏休みの親戚の集まりのような、にぎやかな会だった。

みんなと談笑しているホストを眺めていると、なんだかこの式の趣旨がわかったような気がした。

結婚50周年をお祝いする気持ちももちろんあるだろうけれど、たぶん本当に彼らは、ゲストに会って、顔を見て、お礼を言いたかったのだ。日本ではこれは終活、もしくは生前葬などと呼ばれる。

私からしたら離婚せずに長年連れ添い、いまだに仲が良いというだけで憧れの的なのに、さらに残りの年月を一緒に過ごすことを誓い合い周囲にも気配りをするなんて尊敬に値する。

ちなみに、ぜひ素敵なプレゼントを贈りたいなぁと思っていたらそこもきっちりと、プレゼントお断りと招待状に記載されていた。

「もう年なので贈り物は結構です。お花も枯れてしまうので、もし何かそれでも贈りたいという方がいらっしゃれば手づくりのカードか、もしくは世界の子供を支援する基金などに寄付してください」

私もクリスマスなどのお歳暮じみたプレゼントは省略したいと常々思っている口なので、この気遣いにあふれた断り方には大いに賛同し、帰り道ではきっと彼らは本当にもう何もいらないんだろうなぁと妙に納得して一人頷いた。

エンドレス結婚式

フィンランドの結婚式は、なんというか特徴的である。

もちろん新郎新婦の趣向によって変わってくるからフィンランドではこう、とは言いきれないのだけれど、今まで何度か結婚式に招かれる度に外国人である私に「知ってる？　フィンランドの伝統的な式というのはね」と講義をしてくれる人は少なからずいたし、実際にこれはあんまり他の国ではないかもなぁと感心させられた点も多々あった。

まず、準備の段階からして違う。

たいていの披露宴は手作りである。新郎新婦、もしくはその友人や兄弟の中から任命された幹事役が指揮をとって、場所の予約やケータリングの手配などする。日本のように式プランナーと相談して、というケースはかなり珍しい。

そして会場になるのはそういったパーティー向けに貸し出ししている屋敷だったり、別荘だったり、夏であれば庭であったりと様々だ。

飲み物、つまりアルコール類も当然大量に買い込む必要があるので、これは断言してしまうが、みんなタリンに買いに行く。ヘルシンキを筆頭とする南部住まいであれば南隣の国、エストニアの首都までわざわざフェリーで行って買ってきた方が断然安上がりだからだ。

　宴ではそれだけ多量のアルコールが消費されるからなのだけれど、むしろそれだけの量を国内で買う太っ腹な人は見たことがない。締めるところは締める、というのがフィンランドの結婚式だ。

　式で出されるビールやワインの瓶にたとえエストニア語が印刷されていようとも誰も気にすることはない。日本みたいに、お祝いの席に節約なんて、と小言を言う人も少ないようである。

　そもそも式は新郎新婦のためのもので、両親がでしゃばるケースも少ない。その上で、詳しいことは後述するが、両親もゲストとなってしっかりと参加するのである。

　幹事役の、英語で言うところのブライズメイドとグルームズマンは、それぞれ結婚式の前夜祭に当たるバチェロレッテ、バチェラーパーティーをこっそり仕込むのもよくある。

　私の夫が親しい友人の式の幹事を務めたときは式の数週間前、新婦が新郎をバーに呼び出し、いざ新郎が来たら男友達一同が待ち構えていてサプライズ、そのまま飲むのがパーティーだと思わせてちょっと酔わせた末、港まで拉致した。

　そこからがフィンランド。小型のサウナボートを借りていてみんなで海に繰り出し、飲み泳ぎサウナに入りのどんちゃん騒ぎだったらしい。

　サウナボート？　なにそれ？　と思った方。なんでもサウナになるのがこの国。ボートの場合はキャビンとサウナが付いていて、海上にいながらいつでも温まれるし泳げるという便利な交通手段なのである。

　同じように貸切パーティーや会社のイベントでよく使われる、サウナバスというものもある。文字通り車中にサウナが付いているのだ。

　女性側のバチェロレッテで人気なのは、やはり物価安のエストニアやラトビアのスパへ行き各種トリートメントを受け、やっぱり最後は飲んだくれるというコースである。もちろん国内のスパで贅沢三昧、という人たちもいるだろうけど、サウナはここでも欠かせないのだ。

　さて、式本番。

　手作りの披露宴の前に、教会に属している人は教会で、それ以外の人は住民登録所で誓いの言葉を交わす式を挙げる。

　住民登録所の方の式は公共の、普段住民登録や名前変更をする建物の別室で行われる。

　私が自分の式を挙げたときは事務用長机に白いクロスをかけて長いろうそく2本が灯され、間に花瓶が置かれ、たぶん係の人が厳かな雰囲気にしてくれようとしたのだけれど、葬式のようで笑ってしまった。

事前予約した時間に出向き、部屋に通され、ささっと係の人がやってきて誓いの言葉を言って、希望があれば指輪も交換し計5分もかからなかった気がする。

反対に、知人の教会での式に出席したときは会場が普段観光客で溢れかえる、岩をくりぬいて作られたテンペリアウキオ教会で重厚な雰囲気だった。

岩の効果なのかひんやりとした空気と静寂の中始まったその式はこの上なく厳かだったのだけれど、新婦の希望により入場曲が「オペラ座の怪人」のテーマ曲で、それを教会備え付けの天井まであるパイプオルガンで演奏させたものだから迫力満点を通り越してみんな苦笑いをかみ殺すのに必死だった。どうやら教会での式であろうと本人たちの希望はかなり通るようだ。

そういった正式な式を済ませてから披露宴に当たるパーティーに移動するのだけれど、もちろん朝っぱらから教会で式を挙げる人も少ないので、当然宴も15時過ぎから始まることが多い。

これが日本なら、余興を見ながらコース料理を食べて3時間、宵の口には終わる、と計算しそうなところだけれど、ここからがフィンランドの本領発揮である。

このパーティー、日付が変わる前に終わらないのである。

エンドレス結婚式（まさかのサウナ篇）

午後に始まるフィンランドの披露宴。ハイシーズンは夏場なので外はまだまだ明るいのだけれど、白夜に惑わされてうっかりしていると遅い時間になっていたりする。

何がどう時間がかかるのか。思い返してみても日本の披露宴と比べて時間のかかるような特別なことはしていないのだけれど、式を挙げる教会はともかく通常会場は一日中貸切で次に別のカップルの挙式が入っているなんてことはないから、きっとゆったりと進行するのだと思う。

披露宴会場に着き、新郎新婦が登場したらまずゲストは新郎新婦にグリーティングをする。参列者が文字通り列をなし、主催に一人一人お祝いの言葉を述べていく。

それから着席。幹事の挨拶やら隣り合った人との雑談やら。

それから食事。これはビュッフェスタイルも多いし、着席スタイルでコース料理の場合ももちろんあるけれど、長くても2時間弱。

あとは新郎新婦の希望による余興。

ある音楽好きのカップルの式では、新郎の父のギター演奏に合わせて新婦が歌ったり、新郎自らＤＪを務めてみんなで踊ったりした。

また別の式ではゲストに関するクイズが出されてから、ケーキカット、それから映画でよく見るような新郎新婦によるファーストダンスが披露された。

フィンランドの伝統では、ケーキ入刀でナイフが底についた瞬間、新郎新婦が足を踏みならし、早かった方が家庭内の決定権を握る、と言われている。

つまり入刀の間ゲストたちはじっと見守りどっちが早かったとジャッジするのである。新郎新婦も真剣そのもの、顔をしかめて入刀している写真が後から出てきたりする。

また新婦のドレスの中に新郎が入っていってガーターベルトを口で取り、それをブーケトスよろしく独身男性に投げるというイベントもある。これを親や親族の前でやってのけるのだから感心してしまうのだけれど、顔を真っ赤にしている新郎も少なくないのが微笑ましい。

またちょっとしたおふざけというか、まさに余興と呼べる、「夫の友人たちが花嫁をさらう」というようなイベントも発生するかもしれない。

私は今までに一度だけお目にかかったのだけれど、宴の途中、突然男性陣が花嫁を担ぎ出し、花婿に「返して欲しければこのタスクをこなせ」とお題を与えるのである。

これも伝統らしく参列者の方も慣れた様子で見守っているのだけれど、花婿は与えられた難題、「花嫁の父親を抱っこしろ」だの、「女性客から妊婦を探せ」だのをこなさなければならないので内心冷や汗ものだ。

たぶん課題をこなせなかったら一生妻にとやかく言われるのだろう。

さて、それから、だ。

食事も余興も済んで、テーブルがすっかり片付いて、あとは飲み物と甘いものでおしゃべりなりダンスなりしながらゆっくり過ごしましょう、という頃、夜はとっくに更けている。

夫の幼馴染の式に参加したとき、会場は田舎の古民家を改造した建物を借り切っていてどの街にも遠く誰もが車で来ていたので、予め宿泊希望者を募って会場の別棟に泊まれるようになっていた。

聞いていた話だと泊まる予定で部屋を取っていたのは数人のみ、しかし私たち夫婦が0時ごろお暇(いとま)しようとしたとき、それをはるかに超える人数がまだ残っていたのだ。友人たちはもちろんのこと、新郎新婦のご両親も残っていたのには驚かされた。

みんなとうに出来上がっていて、半裸かそれ以下でうろつく人もちらほらいるけれどそれもお構い無し。下品なわけじゃなく、サウナに入っているからだ。

結婚パーティーでもフィンランド名物のサウナは登場する。

パーティーや会議の場所を探せる会場検索サイトには、会場の条件として「プロジェクター付き」「飲食物持ち込み自由」などの他に「サウナ付き」というのもあるし、試しにヘルシンキで結婚式場に使える会場でサウナ付き、を入れてみるとちゃんと何件かヒットする。特に郊外の別荘やマナーハウスでのパーティーの場合、当然一軒家にはサウナが付いているので、サウナも自動的に付いてくる。逆に公共サウナを借り切ってパーティーをする、というケースもある。

私が参加したその郊外の会場では敷地内の別棟にサウナがあり、宴の後半になると「サウナが温まったのでどうぞー」と幹事が声を張り上げていた。もちろん入るかどうかは自由であるけれど、フィンランドの式はどんなに綺麗に着飾っていっても最後はメイクも衣装も取れるかもしれない、というのを視野に入れていなければならない。まったく油断のならない宴なのである。

失敗は許されない「旗当番」がやってきた！

11月だ。暗い。ひたすら暗い。どんな暗さかというと朝食も身支度もすべて済ませた朝9時に部屋のブラインドを開けて、「あ、開けても明るさに大差ないや」と閉め直すぐらいの暗さだ。ここ最近のヘルシンキの天気はずっと曇りか雨。冴えないことこの上ない。

そんな暗い季節に、週末に早起きしろと言われたら？　誰だっていやに決まっているし、私だってごめんだけど、必然性が出て来た。「旗当番」が回ってきたのだ。と言っても地域の子供の登校支援とはちょっと違う。

今住んでいる町内会には「Talomies（タロミエス）」直訳して小屋男、という役割がある。ある日の夕方、突然自宅のチャイムが鳴り、来客なんてめったにない我が家のこと、どうせ近所に住む義弟だろうと子供と童謡を歌い続けながら軽やかに階段を降りドアを開けるとそこに立っていたのは丸顔に丸眼鏡をかけたお隣のおじさんだった。

「Talomies が回ってきたよ」

と言い、生成りのエコバッグを差し出す。その中には青い布が入っていた。

この小屋男、要するに持ち回りの管理人で、以前住んでいた集合住宅では外部の管理人を雇っていたから必要がなかったのだけれど、今の地域ではみんなが2か月ずつ担当するという。仕事内容はまさに管理人で、共用のごみ置き場や自転車置き場に問題があったら業者に修繕依頼を出したり、器用な人は直したりもするようだけど、もっと大事な職務があり、それが「旗当番」。旗日に、敷地内にあるポールに国旗を掲揚するのである。

エコバッグに入っていた青い布も、広げると巨大な青と白のフィンランド国旗であった。ただ旗を揚げるだけでしょ、と侮ることなかれ。この国旗掲揚、思っていた以上に決まり事があって戸惑う。

まず、国旗は大変神聖なるものである。近くのホームセンターで売っており誰でも購入できるので今までそんな風に感じたことはなかったけれど、とにかく丁寧に扱うこと、らしい。それから国旗掲揚の日はカレンダーによって決められた日に従うこと。11月の場合、その旗揚日がよりによって週末に3日もあるのだ。

掲揚するのは朝8時から日没まで、ただし白夜の夏の間は夜9時までとする。仕事により朝早く掲げなければいけない場合は仕方がないが、あまり早すぎてもいけない。なお面白半分に関係のない時間、日に掲揚した場合、逮捕の可能性もある。

掲揚の際は旗が地面に触れることのないようくれぐれも注意をする。

こうやって突然日常生活の中で愛国心ばりばりのルールが顔を出してくるのが、フィンランドらしいなぁと私は笑ってしまうが、粗相があって逮捕はされたくないので、旗を持ってきた方とは反対側の、町内会長も務めるお隣さんに夫婦そろって掲揚方法の指導を仰いだ。

国旗を掲揚する際は2人がかりですること。

まずはポールに付いている紐をほどき、ポールに巻き付いていない状態にする。

それからひとりが旗を持ち、もうひとりが旗の上下に付いた金具をポールに取り付け、ゆっくりと紐を引く。旗は一番上まで揚げる。

フィンランドの国旗には上下がないのでさかさまに取りつけてしまう心配がないのは幸いだった。

するすると紐を引き、上がっていく旗を見上げる様子は既視感があった。おそらく小学校か中学校の頃、校旗か何かを揚げたのだろう。

旗を降ろす際はやはり2人がかりで、ひとりが紐を引き、もうひとりが降りて来た旗を受け止める。このときも絶対に旗が地面に触れないようにする。

もし雨や雪で旗が濡れていたら自宅内で乾かす。

そして意外だったのが、収納の際には必ず青い面が表になるようにしなければならない、のだそうだ。

畳み方も2パターンあり、それに従うべきとされている。フィンランドにしては珍しく細かく、めんどうくさい。

お隣さんは「日本のティーセレモニーみたいで簡単だろう？」と笑顔を向けてくる。確かにやってみると、着物や袴の畳み方で慣れている日本人には簡単だったけれど、これをフィンランド人がやっているのだと思うと感心ものだ。

ちなみにこれ、我が家の場合は当番が回ってきている間だけだけれど、一軒家でポールがある家庭の場合は年間を通して自分でやらなければならないという。

そのためフィンランド内務省による旗日を確認するためのアプリや掲揚・収納方法の動画もYouTubeに用意されていて、その辺はしっかりしているというか、失敗は許さない気合を感じたものである。

イケアにまみれる国

ヘルシンキの中心地にあるショッピングセンターには欧州最大のＭＵＪＩがある。みんなも知る無印良品のことだ。

日本と同じものが同じように陳列され売られている。日本よりは少しお値段は上がるけれど痒いところに手が届く便利用品だとか落ち着いたトーンで統一された衣類や家具や雑貨だとか、珍しい日本食なんかも扱っていて人気なようだ。

その無印が今度郊外にポップアップストアを出すっていうんで新聞の記事になっていたのだけれど、その紹介のされ方が「日本のイケア、ＭＵＪＩがポップアップを」というような見出しで日本人のわたしは違和感を覚えた。

い、イケアと一緒にしちゃうんかい。

イケアは日本に上陸した頃こそ北欧おしゃれ家具屋として頑張っていたけれど、店舗数が増えた今、日本のみんなも気づいていると思う。あれはホームセンターだ。

フィンランドにおけるイケアの位置付けもそんな感じ。

手頃な家具や雑貨を買いに行く場所。子連れでも気軽に行ける値段設定と、ある程度のエンターテイメント性に溢れたディスプレイ、テーマパークのような「観覧」順路。気づけば数百円の商品しか買わずに帰っているのに、程よい疲労感と充足感までおまけで付いてきちゃう。

それで肝心の家具はどうかというと、まあ、悪くはない。売れているのだと思う。イケアの製品はインパクトが強いもの、もしくはロングセラー商品が多いので、何度かカタログを見たり店に通ったりしているうちに記憶に刻まれてしまう。よって住宅情報サイトの室内画像を眺めているとよく、「あ、この棚はイケアだな」とか、「このカーテンうちのと同じだわ」とか、はたまた「この家全部イケア」とかわかってしまうのだ。

その遭遇率の高いこと。フィンランドの家庭の半分ぐらいはイケア愛好家かってぐらい。

そして何を隠そう我が家も結構イケアに頼っている。

本当はもっとおしゃれにデザイナー家具とか一点ものとか揃えたい。ある程度の趣味もあるし理想のインテリア像もある、頭の中には。

しかし現実問題として、夫がすでに持っていた棚がイケア製だった。まさにロングセラー商品で、その後引っ越して買い足したときも揃えなきゃ変だろうってことでまたイケア。

ダイニングテーブルは夫が持っていたものが擦りガラストップという、ハイセンスではあるけれどこれ絶対料理しない人がダイニングテーブルに料理なんて置く発想もなく買ったんだろうなと過去のあれこれを想像させるもので、傷に気を配らなきゃいけなくて不便極まりないのでさっさと手放した。その後お気に入りの一生もののテーブルが見つかるまではとリビングのコーヒーテーブルのみで1、2年しのいだのだけれど、そのうち子供も生まれて大きいテーブルがないと不便だろうということで妥協して買ったのはイケア。

気に入るテーブルが見つからなかったことは不本意だったけれど、子供に傷つけられたり汚されたりすることを考えたらイケアは妥当だと思う。

ベビーベッドも数年しか使わないからいいよね、とイケア。

大人のベッドとコーヒーテーブルだけは家具職人に依頼して作ってもらったこだわりの逸品ではあるけれど、その頼みの家具職人が今は作業場がなくて製作ができなくなってしまった。

そういえばなんでこの国でなかなかいい家具が見つからないかというと、家具においてはチェーン店大国だからだと思う。

家具を扱う量販店はどこの街でもあって、どこでも同じものが売られている。

それゆえテーブルにしてもソファにしても、中古店でもマメにのぞいていない限り、大体みんな同じ選択肢しかないのだ。更にチェーン店であるから大衆向けにデザインもオーソドックスというか、のっぺりとしている。冒険心がない。というかちょっと冒険心があったりするのは値札のゼロが1個多かったりする。素敵だなと思うものは値札のゼロが1個多かったりする。

それで思い切れればいいのだけれど、なんせ私、学生の頃に清く貧しい生活を送っていたので貧乏性なのだ。

一度気に入ったキッチン用の照明がお値段10万円ぐらいで想定予算の10倍、とっても素敵ではあるけれど今は気に入っても数年で飽きてしまったらどうしよう、数年以内に引っ越す予定だし次の家はテイストが違うかも、と踏ん切りがつかなかった。

ソファもテーブルも、引っ越しを控えていると今は一生ものを買うときじゃないよね、と二の足を踏んでしまう。

それですごすご諦めているうちにイケアで手軽なお値段の、品質もそう悪くないものを買って、いつの間にかよく言うと「汎用性のある」インテリアになってしまったのだ。

いや、こうやって書いてみるとイケアは偉大である。

奇抜なものもあるけれど、全てを包括するその包容力。センスいまいちな夫婦が揃った我が家でもまとめてくれるそのカバー力。

でも次の家こそは、一生ものの家具ばかり揃えてお気に入りに囲まれて暮らすんだと意気込み住宅情報サイトを覗き、またイケア製品を発見する日々なのである。

冒頭のＭＵＪＩに関してはなんでも売っているという意味での「イケア」表現、なのだろうけど、やっぱりイケアはイケアだよ。

iittalaに支配されている国

フィンランドの食器といえば、あれだ。色も形も豊富で、並べるときれいで、なおかつフィンランドではお手頃なお値段でスーパーやホームセンターでも売られているiittalaやArabiaが一番メジャーだろう。

実際、よそのお宅にお邪魔するとたいがいこれらが出てくる。

我が家にも、夫が一人暮らしをしていた時代から愛用の薄水色のアアルトグラスが何個もあり、陶器はティーカップ、コーヒーカップから皿までテーマ（Teema）の食器セットが揃っていた。その前に住んでいた東京のアパートにもカルティオグラスがあったから、そういう意味ではiittalaとの付き合いはなかなか長い。

しかし長いゆえに疲れてしまう付き合いというのもある。

特にアアルトグラス。ミシュランマンのように、もしくはダウンジャケットのように数センチ置きに横にラインが入っており、落としにくい設計で重宝されているのかレストランなど出先でも見かけるし、色もたいていうちと同じ薄水色か透明かだし、なんていうかもうお腹いっぱい。あっちにiittala、こっちにiittala。

　想像してみてほしい。ちょっといいレストランに食事をしに行き、そこで家で使っているのと同じ食器が出て来た場面を。

　どんなにデザインが優れていたとしても、親しみがあったとしても、私は興ざめしてしまうのだ。家で食べているような気分というか。外食の時は味だけでなく盛り付けや器も楽しみたい派なのに、所帯じみて新鮮味がぐっと落ちる。

　しかしそれほどにiittala製品が愛されているのには理由がある。

　ここにこそっと書いてしまうと、日本で暮らしていたときはアアルトグラスやテーマを指してなんでこんな武骨で物理的にも重たい商品が人気なのだろう、と不思議で仕方なかったのだけれど、実際に日常使いしてみるとやがてその良さがわかってきた。

　武骨なだけあって、なかなか壊れないのである。

　テーマの皿に至ってはオーブンに入れて調理しても大丈夫なほどだし、アアルトグラスも夫が何年も使っているにも拘わらずもっている。

　しかもロングセラー製品であると買い足しもしやすい。万が一壊れたりしても同じものが手に入るというのは便利だ。実際我が家も途中でアアルトグラスの深い青色を買い足した。

　そんな利点があるからこそ、みんな同じものを長く使い続けているのだ。これぞフィンランド人の暮らし方に沿っているというか。古いものを大事にする暮らしにはもってこいである。

それから世界に出ていったフィンランド生まれのブランドを誇っている人も多いので、たとえホームセンターでたたき売りみたいな値段でワゴンに積まれていても、たとえ何年も前にメイドインフィンランドでなくなっていても、「やっぱりフィンランド製は安定の使いやすさだね」と言っている側面も、ある。

しかしあるとき、自宅に何個もあったアアルトグラスが次々と壊れていった。壊れにくいと書いたばかりなのに恐縮であるが、原因はおそらく途中で変更した食洗機の質が悪かったのではないかと想像している。わかりやすく割れたのではなく、日々使っていくうちにガラスの内側、触れてもわからない箇所に小さなヒビが入ることが増え、これじゃいつ割れるかわからないし使えないね、と処分していくうちにいつの間にか残り一個になってしまった。物が壊れるのは悲しいが、これはチャンス、と思ったのも事実だ。グラスはきっと寿命をまっとうしたのだろうし、新しいものに一新するチャンスは今しかない。

とはいえiittala製品に支配されているといっても過言ではないこの国のことである。いざ店に買いに行っても見覚えのあるものばかりか、スーパーなどのプライベートブランドと呼ぶのもはばかられる安っぽいグラスセットか、である。ちなみにランチを出すような気軽な食堂やホテルの部屋に置かれている食器は最近ＩＫＥＡに支配されているのでiittalaとＩＫＥＡ、その二大勢力が猛威を振るっているといってもいい。

私はへそ曲がりなのでみんなが、というか全国民が持っていそうなものはいやだ。iittalaのショップも一応見に行ったけど、もうへその曲がり切った私の心を動かすグラスはどこにもなかった。あんなにきれいなのに。あんなにバリエーションが豊富なのに。一応フォローしておくと、義父から譲り受けたアンティーク製品、もっと細かくいうとiittalaになる前のNuutajärvi（ヌータヤルヴィ）時代の製品は今でも美しいと思う。歴史の重みだろうか、はたまた工場や製法の違いだろうか。同じモデルでも復刻版にはまったく食指が動かないから不思議なものである。

どうせ毎日使うなら飽きにくく、長く使えて食洗機対応のものがいい。いっそのことメイドインジャパンの切子でもそろえようかと方向転換しかけたところに、既にいいグラスを持っていることに気が付いた。

小さな工房で作られているメイドインフィンランド。底が厚く丸味のある全体が飲み口に向かってゆるやかに絞られている形は手にしっくりと来て何を入れても合う。もともとはふらっと寄ったガラス工房でウィスキー用にと2個だけ買い特別なときに使用していたけれど、毎日使うにも手に収まりやすいこれがよいと買い足すことにした。

現在そのグラスの到着を待っているところである。なお皿やカップはまだまだ iittala 製品に囲まれているので一新というわけでもないけれど、新しいお気に入りが増えていくのはやっぱり嬉しい。

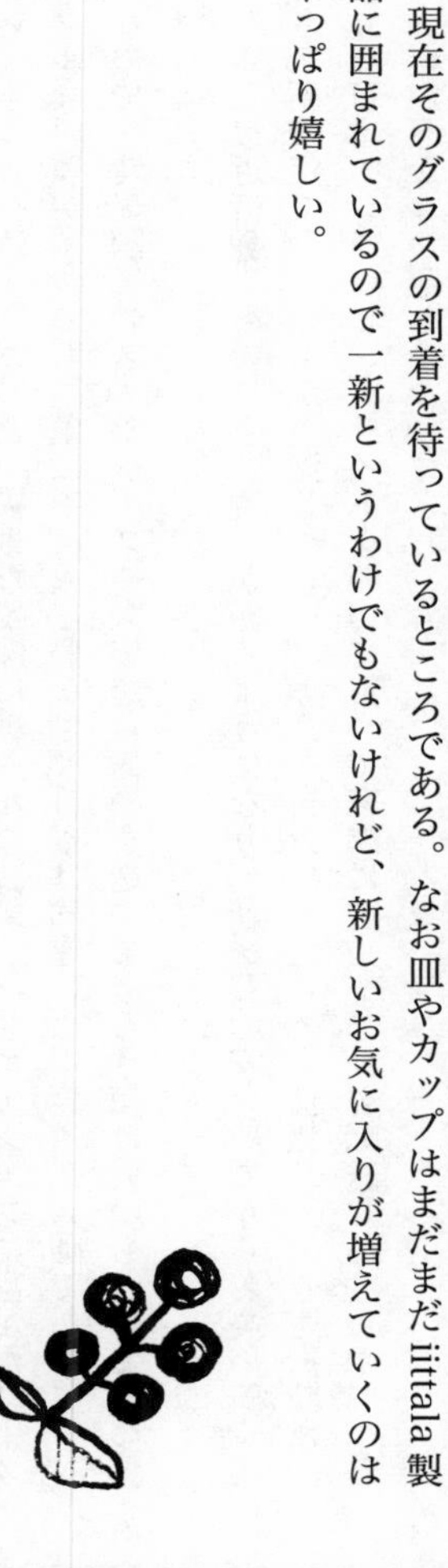

大根とMUJIのおかげ様様

さあて、厄介なことになってきた。フィンランドに引っ越してきたばかりの頃は、日本に年に一度は帰るのだろうと漠然と思っていたし、帰ると言っても数ヶ月単位で滞在していたから、あまり日本のものを恋しがるということがなかった。しかし今は気軽に帰れない。

外国人として暮らしているとたびたび、日本の何が恋しい？　と聞かれるけれど私の回答はいつも「食べ物！」だった。繊細な風味に細やかな装飾、バリエーションに富んだリーズナブルな料理がいつでも簡単に手に入る豊かさ。日本は間違いなく食道楽天国である。なので一時帰国後のスーツケースや家族から荷物を送ってもらう箱はいつも食材で埋め尽くされていた。

しかし最近低額のものにも関税がかかるようになり、運送費の安い船便からお高い航空便でさえ不安定でいつ届くか予測しづらい。加えて自分の多忙さで、情報たっぷり選択肢たっぷりな日本のショッピングサイトを覗いて買って家族に送ってそれを転送してもらって、というのがなかなか難しくなってきた。

そこで電子版では買えない書籍類、主に子供の本や自分の資料を除いて、ほぼ日本からの救援物資なしに今年は生活してみた。

しかし振り返ってみると年々フィンランドは、というか私の住むヘルシンキは日本人が生活しやすくなってきている。

私が来た数年前は日本食といえば寿司、それも大量に食べるビュッフェスタイルの寿司ばかりだった。食材は日本食スーパーか中華系スーパーで手に入るのみ。

それでも充分ありがたく、だからこそ私はこの街で暮らしていけるなと越してきたのだけれど、日本人の人口が増えるに従って、また都市部のアジア系移民が増加するに従って、さらに日本の美味しいものが手に入りやすくなってきた。

例えば私の住むヘルシンキの端の、普通サイズのスーパーでは最近キノコ類が買えるようになった。キノコと言っても日本でマッシュルームと呼ばれているものではなく、しめじやえのき、えりんぎが売られているのだ。

それから大きなスーパーへ行けばちょっとした日本食コーナーがあるのも当たり前になってきた。そこでは嘘くさい日本語が書かれた製品ではなく、本物のメイドインジャパンの食材が扱われている。味噌。わさび。キッコーマンの醤油。キユーピーマヨネーズ。お好み焼きソース。パン粉。インスタントのお味噌汁。みりん。液体の白だしが置かれるようになった日、私は狂喜した。これで思いつきで煮物が、うどんが作れる！　日本語のおいしそうなレシピを見て材料に白だしを見つけた瞬間そっとページを閉じることもなくなる。

野菜類も、今までは大きなスーパーか中華系スーパーでしかお目見えできなかった大根様、あの真っ白で万能な大根様が、なぜだか我が隣町の小さなスーパーで売られるようになった。アジア人が少ない地域なのになぜだろう。それから紫蘇も年々市民権を得て、赤紫蘇青紫蘇がディルやバジルと並んで小さな根っこつきの形で売られていたり、カットされた大振りの大葉がやはり大型スーパーでも売られたりするようになった。今まで紫蘇や大根その他日本の野菜を毎年せっせと種からプランターで育てていたけれどその必要もなくなってきた。

レストランも、日本人経営ではないので最初は怪しんでいたラーメン屋が意外に美味しいことがわかり、値段はもちろん日本で食べるより高いのだけれど、あーラーメン食べたい！という衝動に対応できるようになった。急に、ちょっとラーメン食べに行かない？　と誘い合えるアジア人の友達もいる。

それからカレーライスのお店や居酒屋風の店もできた。天下の無印ではトンカツ定食などが頂けるのだそうだ。

無印良品。ＭＵＪＩ。２年前に突然フィンランドに進出して欧州最大の店舗を開いたときにはなんでこんな田舎都市に？　と驚いたけれど、その恩恵を受けているのは間違いなく日本人と日本好きの人々だろう。

例えばそれまでどこへ行ってもまともな文具が良心的な値段で見つかるなんてことはなかったのに（つまりどれも高くて品質が悪い）、MUJIが進出したことによってそれが可能になった。たかが文具と侮ることなかれ。きちんと消える消しゴムや、きちんと書けるペン、手頃な値段の紙類や大きすぎないハサミなど、日本では当たり前のものがそれまでこの国には存在しなかったのである。そもそも文具店などというものがほぼ存在せず、皆スーパーか本屋の一角に設けられた文具コーナーで買うので品ぞろえも似たり寄ったりだった。

また日本のちょっといいものを扱っている食品、雑貨コーナーもある。調味料や和食器などが手に入る。

恥ずかしい話、移住したての頃はそんな日本かぶれのものに依存しないでたくましく生きていくことこそ海外生活の醍醐味だろうと思っていた。もともと胃が丈夫なのと当時は料理する時間もたっぷりあったので、欧風料理生活にもすんなり馴染め、日本食が食べたければせっせと乾物を使ったり手に入る食材で工夫したりしてどうにかこしらえていた。

しかし事情が変わった。もういい年なのだ。日本食やせめて和食風の味付けの食事を週に1、2回、いやここ最近は3回は食べないと胃が、体が、肌が、疲れてしまう。幸せな悩みではあるけれど仕事や子育てで多忙で、ゆっくり料理する余裕がない。妥協して消せない消しゴムやろくに書けないシャーペンの芯なんぞにぶち当たろうものなら発狂する。

そこで買ってきただけですぐ日本食にありつける、もしくは日本のクオリティに触れられる昨今のヘルシンキの状況に、おおいに感謝しているのである。大丈夫、今のしばらく帰れない状況でもやっていけそうだ。

ちなみに刺身は移住当初から変わらず、デパートやマーケットの魚カウンターに出向き、「刺身で食べられるのある？」と聞くとよい品質のものを出してくれる。サーモンやトラウトはもちろんのこと、ニシン科の白身魚、輸入品ではマグロやホタテの貝柱、最近ではハマチも手に入るようになった。刺身や海鮮丼こそ最強の時短フードで頻繁に我が家の食卓に登場している。

11月の父の日

ハロウィンが終わった。フィンランドのそれは「子供たちのために一応やっておくか」というような低いテンションで、学校や保育園でなんとなく仮装イベントが開催されたり、ご近所同士で仲がよければお菓子集めも一部地域でやったりはしているのだけど、毎年早くも始まるクリスマス商戦の波に押されていまいちぱっとしない印象だ。イースターにも同じような「仮装兼ご近所突撃お菓子ください イベント」があるので、そこで使った仮装道具をまた使い回すにはいいかもね、程度に見えてしまう。

そして11月に入ればもうクリスマス本番かというぐらい、イルミネーションもお菓子の棚もインテリアショップの店先も何もかもがクリスマス一色になるのだけれど、そこの隙間に寂しくこぢんまりと存在するのが、フィンランドの父の日、11月の第2日曜日だ。

日本での母の日の次の月が父の日、というのに慣れきってしまうと、この、一年で最も暗くて曇りの多い時期のイベントはなんだかかわいそうな気がしてしまう。

とはいえ、一年で最大のイベントであるクリスマスまであと2ヶ月もの間浮かれているわけにもいかないので、ここらでひとつ、落ち着きのある小規模なイベントを挟むのも悪くない。

我が家にもたいへん良き父である夫がいるので、カードぐらいは子供たちと適当に作って贈ってあげるかとネットでデザイン案を物色してみると、なぜかしっくりするものが見当たらない。

どれもオシャレではある。簡単そうで凝って見えるものもある。でも、何か違う。

そして私は大事なことをすっかり忘れていたことにようやく気がついた。

父の日、といえばネクタイなのだ。世の中ではなぜかそういうことになっていて、カードのデザインもワイシャツにネクタイというものが非常に多い。

次に多いのは、ひげ、だった。かわいらしく弧を描く口ひげを模したもの。それからメガネ。

それらが代表的な「父」像なのだろうが、よく考えたら我が夫は、そのどれもつけていない。

そもそもだ。平日昼間に街に出かけて、スーツ姿の人を見かけたら「うわ、スーツだ」と心の内でこそっと驚いてしまうのが、最近の私だ。スーツの集団なんて見かけた日には「葬式か結婚式だな」と無意識のうちに決めつけてしまう。

以前にも書いたけれど、フィンランドではそのぐらいネクタイやスーツの着用率が低いのだ。

例えば私の夫はフィンランドではだいたい誰もが知っている（しかし日本ではあまり知られていない程度の規模の）企業に勤めているが、顧客訪問の予定のある日でさえネクタイは締めない。稀にある海外出張の際もせいぜいいつものTシャツをワイシャツに変えるぐらいでジャケットも羽織らないし、お客さんもそんなもんなのだと言う。

とある新聞記事に載っていた統計によると、フィンランドの人が一番服を買う場所は、大型スーパーなのだそうだ。日本でいうとイオンとかヨーカドーのような、生鮮食品も家電も靴も服も置いてある郊外型の店舗だ。次にホームセンター的格安店も人気で、その次に北欧生まれのファストファッションH&Mがやっと出てきたかと思えば、ネットショップやスポーツ用品店に追いつかれそうな勢いだ。

おもしろいのがその理由の分析で、「フィンランド人はもとがみな労働者階級であるから、服に対してお金をかけない」のだそうだ。更に労働者階級であるゆえスーツを日常的に着る習慣が根付かず、みんなリラックスした仕事スタイルを好む、と。そう言われるとスーツ遭遇率の低さにも納得がいく。確かにスーツ、格好いいとは思うけど、日本のようにあそこまで頑なに着る必要はなかったような気がしてきた。

そんな自由な仕事スタイルであるから口ひげあごひげ無精ひげも生やしている人は一定数いるのだけれど、やっぱり父の日カードの口ひげデザインはなんだかちょっと古いというか、80年代以前の父親像のような気がして、私は採用できなかった。

というわけで子供たちが父の日に贈ったカードには結局当たり障りのないメッセージをしたためておいたのだけれど、保育園でも父の日の準備はしっかりとしてくれて、工作して持って帰ってきたカードには私が避けた口ひげシールがしっかりと貼られていた。しまいにはそれを指して当の製作者である子が「パッパ、パッパ（＝フィンランド語でおじいちゃん、の意味）」と言い出す始末。ちょうど義父がそんな感じの口ひげを生やしているのだ。子供にはおじいちゃんに見えたらしい。

そういえば去年も保育園で作らせてくれたカードはしっかりとネクタイ型であったし、父の日カードの上ではフィンランドでもまだまだオールドファッションな父親像が存在しているようだ。

あわてん坊のクリスマス支度

買おうか。どうしようか。いらない気もするけれど、やっぱり欲しい気もする。

普段の買い物はさっと決めがちなのに、そんな風に迷いに迷って今年買ったものがある。アドベントカレンダーだ。

12月に入りクリスマスまでのカウントダウンに1日ずつ小さな窓をめくると、そこにチョコレートが入っている。というのが一番オーソドックスなアドベントカレンダーだ。

日本にいた頃、無性にこれに憧れていた。移住して最初の年はデパートで散々吟味した挙句、高級チョコはなんだか見ているだけでお腹いっぱいになってしまって家の近くの適当なスーパーで12月に入ってから値引きされたものを買った。確か日本円にして３００円ぐらいだったと思う。くまの形や星の形のチョコが入っていて、それでも充分だった。

次の年は、私がアドベントカレンダーにはしゃいだのを見て義母が簡易版のカレンダーを贈ってくれた。これは厚紙に窓が付いているだけで中身は何もない。そもそも私はチョコレートをそんなに食べないので、めくる楽しみが味わえて罪悪感もないこれはぴったりだった。

その次の年はしっかりしたのを自分で買った。どんなのかというと、木でできていて、LEDライトが点灯し、数字が書かれた木箱の引き出しの中に自分で好きなものを入れられるカレンダー箱だ。これならチョコでも柿の種でも入れられる、と思って購入し、今でも気に入っているのだけれど、なんせ箱が小さく入れられるものが限られ、なおかつ少し成長した子供が異様に数字に興味を示して触りにくるのでおちおち飾れなくなった。そしてそのうちまた第二子が生まれ、なかなかカレンダーとしての出番がないまま現在に至る。

市販のアドベントカレンダーというと、どちらかというと子供向けの商品が多い。ムーミンやペッパピッグなどキャラクターものを中心に、中身はダントツでチョコレート。子供が小さいうちはチョコレートを与えたくなかったので、アドベントカレンダー自体は素敵だなぁと思いながらいつも横目で見ていた。

それが今年、カレンダーにはチョコレートだけじゃないと知った。

大人用に化粧品メーカーが出しているやけにお高いアドベントカレンダーがあるのは知っていたけれど、子供用にも砂糖無添加のドライフルーツが入ったムーミンのものだとか、フィンランドの絵本作家マウリ・クンナスのミニ絵本が24冊入ったものなんてのもある。というかミニ絵本版はいろいろあってムーミンもあるし絵本の出版社が出しているものもある。あとはクリスマスプレゼントと同じくらいのいいお値段がするけれど、レゴやブリオの、おもちゃが1日1個入っているという豪華なカレンダーも存在する。

これは欲しい。1日ひとつ、小さな物語を読みながらクリスマスまで指折り数えるなんて、なんて素敵な過ごし方なんだろう。ドライフルーツも罪悪感なく与えられる。これは買わねばならない、と俄然やる気になってネットショップで物色していると、今度は子供の分だけではなく自分のも欲しくなってくる。大人用にはコスメだけでなく、ミニビールやミニジン、ミニウィスキーが入っているお酒バージョンなんてものもある。これはもちろんパス。

あとは高級チョコメーカーから出ているものもある。これも胃が元気なら食べられるけれど、毎日チョコレートはちょっともうきつい。それに子供たちに取られるような気がしてパス。

ミニキャンドルも一人暮らしだったら絶対買っているだろうけれど、キャンドルを灯すようなゆったりする時間はしばらくないし、家に使っていないキャンドルがごろごろあるのでパス。誰だ、フィンランド人のキャンドル消費量は世界一です、なんて言ったの。うちは子供が生まれてからぱったり使えなくなった。

18禁バージョンのものも見つけた。カップルのためのアドベントカレンダー、とあるから1日ひとつお題でも入っているのかと思えば、お値段が1万円を軽く超えているので、もっと実用的なあれやこれやが入っているのかもしれない。念の為言っておくが、買っていない。

面白いのは毎日パーツを集めてレトロカメラが作れます、とか高級車のプラモデルが作れます、といったマニアックなもの。デアゴスティーニか。しかし、いい。こういうオタク心をくすぐるもの、日本だったらもっと受けるし作ってくれそうなのに。

結局いろいろ悩んだり妄想したりした結果、私が買ったのはあまり攻めていないお茶、だった。フィンランドのメーカー Nordqvist（ノードクヴィスト）はお土産にも人気なムーミンの外装のお茶を出している会社なのだけれど、かなりしっかりした箱のプレゼントボックスみたいなアドベントカレンダーを売っていて、心打たれてしまった。

お茶なら家にいっぱいある。いらないといえばいらない。でもいつもと違う、自分では選びそうにないお茶を1日1杯飲めたら、フィンランドの暗い冬の日々も楽しめる気がする。

ここまで書いて、気づいた。アドベントカレンダーって、日本で言う福袋的位置付けなんだ。中身はなんとなく知っているけれど、その日何が出てくるかわからない、それが楽しい。まとめて買うからお得感もある。

ちなみに私が買ったのは10ユーロ程度、日本円で約１４００円。カフェに気軽に行けない日々だからこそ、今年はより一層味わって飲む気がする。

あ、そうそう。もちろんフィンランドのことだから世界一まずい飴サルミアッキのアドベントカレンダーもある。リコリスも。真っ黒い箱に入っていて、明らかに手を出しちゃいけない感漂っているのだけれど、罰ゲーム用ではない。

クリスマスと散財

フィンランドはクリスマス真っ盛りである。クリスマスって24日のイヴからじゃないの、と思われがちだけど、ここフィンランドでは12月に入るか入らないかのあたりからクリスマス料理解禁となり各レストランが伝統的な特別メニューを発表し、自宅や職場でもクリスマスのパイだのジンジャーブレッドだのを折に触れて食べて、1か月ほどクリスマスを満喫するのだ。

すっかり冬の風物詩となったヘルシンキ大聖堂前のクリスマスマーケットもにぎわい、メインストリートの点灯式に合わせるように雪が降り、降り続き、降り注ぎ、どかどかと落ちてきて、もうこれ以上ないぐらいにクリスマスムードを盛り上げている。その積雪量につられるように、お財布のひもがゆるゆるとほどけていく。

本来買い物依存症とは程遠い貧乏性である私だけれど、今年は一味違う。だって引っ越したのだから。今まで置く場所がないのを理由に自制していたもの、特にクリスマス用品をここぞとばかりに買っている。でも貧乏性だからあくまでも少額のものをちまちまと、少しずつ。それで満足できる性格でよかったと胸をなでおろしながら。

始まりは、クリスマスの星、だった。フィンランドでは冬の暗い時期になると窓際に大きな星を飾る習慣がある。多くは紙製、立体型で星の中には電球が入っており、窓際で光り輝くという仕組みだ。日照時間も短く日が昇ってもしぶとく雲の後ろに隠れ続けているような暗ぁい時期に、作り物の星で少しでも視界を明るくしようということなのかもしれない。住宅街で各窓を見上げればかなりの確率でこの大きな星に遭遇できる。

その星を我が家は持っておらず、毎年クリスマスが近づくたびに義母から「星持ってたっけ？　ないならプレゼントしようか」と聞かれ続けていた。狭いマンション暮らしの際はクリスマスの電飾に既に囲まれている窓にその大きな星が入り込む隙はなく、テラスハウスに引っ越してからは飾る暇がなく、と断っていたのだけれど、そう何度も聞かれると、星がない方がおかしいような気持ちになってきた。もちろん義母の家にはきちんとどの部屋の窓にも大きな七つ星を下げていて、外から帰って来たときに見るとほっとするものである。素敵だとは思う。しかし本音を言うなら、毎年同じのを使うことになるのだし自分で選びたい。

そこで晴れて前より大きな家に引っ越した今年、何も飾っていない窓に下げる星をようやく購入したのである。

そこからはもう、クリスマス飾りの大パレードである。

12月最初の週末にクリスマスツリーを出した。我が家は本物の木は買わず今のところ偽物のモミの木を飾るにとどまっている。とどまっている、というのは、夫にしてみれば子供のときに自分も受けた本物のツリーのわくわく感、つまり、シーズンにならないと手に入らないライブ感や木の醸し出す自然の香りを、自分の子供たちにも味わわせてあげたいと思っているようだけれど、本物の木（フィンランドの場合はトウヒという針葉樹が主）は時期を見て買わないといけなかったり、いざ買ったと思っても飾ると枝が少なく貧相だったり、立て方や落とした葉の掃き掃除、またクリスマス後の始末などが厄介だったり、で様子を見ている。

ちなみにクリスマスツリーを出す時期も、昨年は11月の下旬に出したところ周囲に「早すぎる」と口々に驚かれてしまったので、偽物のツリーといえど作法はあるのかと今年は空気を読んだ次第である。

さて、ツリーがリビングの片隅を陣取れば今度は玄関のドアにリースを飾り、キッチンの窓にも星の代わりに電飾付きリースを下げ、それからそれから、と家じゅうを見回した。他に飾るべきところはないか、クリスマスっぽくないところはないか、と点検するのである。これは決してクリスマスで浮かれているからではなく、そうするのが務めであると心得ているからだ。誰のって、フィンランドに住む者の。

うちはまだまだ地味な方で、クリスマスを「きちんと」迎える準備のあるご家庭は、飾りをちょこちょこと足すだけでなくテキスタイルも一新、例えばテーブルクロスだけでなくキッチンタオルや手を拭くタオル、クッションカバーやリネンまでもクリスマス仕様にする。なんならパジャマも。

そこまでしないにしてももう少し、全部屋にクリスマスっぽい要素を加えなければいけない気がして、クリスマスカレンダーを出し、サンタクロースの助手のぬいぐるみ（これも毎年義母から送られてきて気付けば4体になっていた）をその横にちょこんと座らせ、キャンドルを灯しもしないのに見えるところに置き、まつぼっくりとモミの木の葉をこれまた新しく買った球型のガラスの器に詰めてテーブルに置き、最後にトイレに置いているルームフレグランスをクリスマス仕様のものにした。

クリスマスの香りってどんなの？　と疑問に思われるかと思うが、フルーティーな中にスパイスがきいている、白ワインで作ったホットワインのような香りがする。ところが違えばクリスマスの香りも違うもので、ロンドンで昔買ったホリデーシーズン仕様の紅茶はみなアップルベースにシナモン風味だった。

そういえばこの時期、スーパーでクリスマス仕様のコーヒーを買うのも習慣になりつつある。フレーバーコーヒーは普段は苦手なのになぜかこれだけは買う。フィンランドのそれはたいてい、シナモンとカルダモンの香りがついており、無糖ながらほんのり甘い香りになっている。このコーヒーを淹れて香りが家じゅうに広がれば、地味ながらもフィンランド流クリスマスのできあがりだ。

そしてやっぱりツリーに戻って、この大きさのツリーじゃ今の家では小さく見えるなぁ、とか、ツリーに下げる飾りを今年こそは一新したいな、と散財の予感がする計画を始めるのである。恐るべしクリスマス。

手土産問題

これは私の周りの話だからフィンランドでは、ということではないのだけれど、クリスマス前後の数ヶ月、お呼ばれする機会が一気に増える。

11月に入ったあたりから、2月のまだ雪が残っている頃まで。寒いし外は暗いし、かといって家に籠ってばかりでは気が滅入るからお客さんを呼びましょう、という工夫なのかもしれない。もちろん呼ばれるだけでなく遊びに行ってもいい？ とお声がかかることもある。

最初の頃これに慣れず、いちいち「え、何しに？」だのと不細工な返答をしていた。

伺ってことはない、ただ気軽に食べたりおしゃべりしたりするだけ。

来てもらうのは大歓迎だ。うちに来るお客さんたちはみな親戚みたいな仲なので張り切ったおもてなしもいらない。でも行くとなるとちょっと身構える。手土産、どうしよう。

フィンランドにも手土産文化があるにはあるのだけれど、ちょっと日本とは勝手が異なる。夫曰く、よその家に行くとき別に手ぶらでも構わない、らしい。もちろん何か持っていくのはいいことだけれど、必須ではないし、ないからといって不作法者ということにはならない。

確かに我が家に来る人が手ぶらでも私はまったく気にしない。仲がよければ何か持っていく？　とか、途中で買っていこうか？　と聞き合うようにもなる。

でも毎回きちんと手土産を持ってきてくれる人ももちろん中にはいて、その人の家に今度遊びに行くとなるとやっぱり、何か素敵なものを、と考えてしまうのは当然だと思う。

冬のお呼ばれの時期は、そんな手土産の悩みも比較的軽くなる。

クリスマスを前にフィンランドのスーパーでは通路の真ん中に場所を確保してまで箱入りのチョコをどーんと売り出す習慣がある。箱といってももちろん日本の明治アーモンドチョコレートみたいな小さいのではなく、平均B5かA4サイズぐらい、中も2段重ねだったりするボリューミーなやつだ。缶入りのクッキーなんかもある。スーパーだけでなく、なんならホームセンターでも売り出している。

移住して何年も経つけれど、私にはこの習慣の意味がわからない。ちょっとした手土産には便利だし、クリスマスプレゼントに適当なのが見つからない場合も使えるとは思う。

でもチョコレートはフィンランドの伝統クリスマススウィーツではないはずだ。伝統はプラムジャムの入った星形パイ、ジンジャーブレッド。

それなのに伝統以外のチョコが、クッキーが、売れる。みんなボリボリ食べる。ナッツでも食べるかのような勢いで、ひとつ、またひとつと消えていく。暗い冬を甘いもので乗り越えようという魂胆なのだろうか。そういえばこの冬の暗い時期、人間は普段より甘いものを欲するようになるという調査結果もあるようだ。

相手がヴィーガンとかダイエット中とかでない限りは有効で手軽な手土産なのは間違いない。

それからフィンランドのホットワイン・グロッギ（glögi）もいろんな種類が多く出回っているので手土産にはいい。赤ワインにスターアニスやシナモン、カルダモンなどのスパイスで香りづけしたものが主流だけど、白ワインバージョン、ロゼバージョンもあるし、ノンアルコールのものも充実している。その年限定の味やレストランオリジナルのもの、ワインベースではなくリンゴやクランベリーなどジュースベースのものもあり、ちょっと普通とは違うものを持っていくと話題にもなる。

なかなか真似できないのが、お花の手土産。クリスマス時期はポインセチア、それ以外の季節でも我が家に来るときに必ず花束を持ってきてくれる人がいるけれど、私はたまに夫が買ってくる程度なので、ささっとアレンジメントを花屋さんで注文できるその人は素敵だと思う。

花といえば新居お披露目パーティーをした際に、夫の友人の男性が鉢植えの胡蝶蘭に加えてパン、それから塩を持ってきてくれたこともあった。パンと塩があれば当分は困らないから、という理由でフィンランドの古い引越し祝いの伝統らしい。

ちょっといいお塩、調味料も料理好きの友人たちには喜ばれる。

私には贔屓にしている田舎のレストランがあるのだけれど、そこのオリジナルの調味料、ジャムなどの瓶もの、クリスマスフレーバーのコーヒー、紅茶なんかを詰め合わせて持っていくことも多い。スーパーでは売っていないので相手がすでに持っている、ということもない。

でも意外にも一番受けがいい手土産は、実は緑茶である。

フィンランドの人たちも、全員とはいわないけれど緑茶を飲む。カテキンだのなんだの健康効果を期待して、の人もいれば、色が緑なんてとっても綺麗ね、とうっとりする人もいる。そういえばこんな透き通った黄緑色で健康的な飲み物ってそうそうない。

私の実家は静岡にあり、両親も親戚も皆生粋の静岡県民なので手土産といえば緑茶である。相手は絶対持っているけれどあっても困らない、重くもなく場所も取らないとして、静岡県民の手土産は絶対お茶っぱといっても過言ではない。なんなら困ったらお中元やお歳暮も茶の詰め合わせにする。

その手法が、ここフィンランドでも通用する。

困ったら緑茶。日本に帰ったときに適当な、でも絶対宇治茶や八女茶ではない静岡産の緑茶をいくつか買っておきストックして、ちょっとした手土産にしている。私としては悩み抜いて選んだ手土産ではないので手抜きなのだけれど、これが一番喜ばれるとわかってからはお茶が植え付けるエキゾチックでレアな印象に頼りきっている。

きびしい冬の乗り切り方

正月早々から暗い話をする。

フィンランドの夏、暮れない夜の透明な美しさは白夜という名でよく知られている。そりゃもう、緑も茂ってお花も咲き乱れ、晴れても暑すぎず気候も爽やか、毎日毎時はっとするように美しい。

その真逆にあるのが、極夜、フィンランド語でカーモス（kaamos）と呼ばれるものだ。正確にはカーモスというのは北極圏で11月から1月まで日が昇らないことを指すから、フィンランド南端に位置するヘルシンキの冬はカーモスではないのだけれど、日照時間が短いことに違いはなくみんな体の気だるさをカーモスのせいにしている。

しかし実際にフィンランドの冬を住民として越すまで、この極夜の何が辛いのかわからなかった。日照時間が短いのはわかった。たぶん寒いのだろうというのも想像できる。でも、ヘルシンキなら昼間にはお日様昇るんでしょう？　と。

それが、昇らないのである。

これが一番驚いたことなのだけれど、毎日毎日曇りが続く。下手すりゃ暖冬で雪の代わりに雨続きだ。

まず10月の下旬、サマータイムが終わったところから人々の気持ちはがくんと落ちる。なんせ今まで午後5時ごろだった日没が、冬時間になることによって4時になってしまうのだ。まだ4時なのにもう暗い、と窓の外を見て愕然とする。

そのあたりから、初雪がちらつく。ちらつくけれど、最近のヘルシンキでは積もらない。溶けて、またみぞれか雨が降り、そうじゃなくても曇っている。お日様は昇っているはずではあるけれど厚い雲の向こうに隠れていてお目見えしない。

白樺やヨーロッパヤマナラシもすっかり葉を落とし人々の癒しであるはずの森の景色は緑ではなく黒。雪が降れば視界が明るくなるので、フィンランドでは雪は疎まれる存在ではなくむしろ歓迎されるのだけれど温暖化のせいかなかなか積もってくれず、サンタクロースの国の首都がブラッククリスマスを迎えるのも珍しくなくなってきた。

という真っ暗具合なので、新聞の一面に「太陽が昇ったぞ！」と大きく見出しが載ることもしばしばである。写真はもちろんお日様が地平線の向こうから出て来て森や、湖や、海や、雪を照らす絵だ。

太陽が出ただけでトップ記事になるなんて冗談のようだがここフィンランドでは本当の話。

昇らないなら昇らないで、今年はブラッククリスマスになりそう、だとか、来月は日が拝めるかも！　だとか、よくもまあそんなに天気のことばかり話題にしていられるなとこちらが呆れるほど、新聞はよくお天気情報をネタにしている。平和な証拠だろうか。

ちなみにこの暗い時期は冬季鬱になりやすいのも有名で、それゆえ皆ビタミンDのサプリを年間通して飲んだり、カーモスライト（セラピーライト）と呼ばれる強い光を放つライトを顔に当てて朝日の代わりにし体内時計をリセットしたりと努力も惜しまない。

我が家の場合はズルというか裏技で、ずらした夏休みや育休を当てて、11月頃にまるっとフィンランドから逃げることが多かった。ギリシャ、イタリア、モルディブ、スペイン、ポルトガル、UAE、オマーン、日本。お日様のためならあちこち行った。休暇でなくても冬季に海外からのリモートワークを推奨している企業もあるぐらいだ。もちろん一部の恵まれた企業だけれど。

そんな感じで私は真正面から極夜と付き合ってこなかったので、どこにも旅行に行けないこの冬は来るぞと身構えていた。あいつだ、冬季鬱がきっと来るぞ、と。

そもそも移住したての頃にも同じ日本人でフィンランドに長年住んでいる先輩に、冬の寒さはもう慣れましたとけろっと言ったら「最初はそう思うかもしれないけどね、2、3年目で『来る』のよ」と真剣な眼差しで忠告されたのだった。しかしその後何年経っても私には

「来ない」まま、いつ来るのかと心の隅で怯えていたのだ。

　だから今年こそはと覚悟していたのだけれど忙しくしていたのもあり意外にも平気なもので、冬至も無事に迎えてこれからの毎日はいよいよ日照時間が日に日に長くなるだけだ、というところまで生き延びた。

　気候のいい海外の地には行けないけれど、近所を散歩すると一軒家が立ち並ぶ一帯で暗い中に暖炉の匂いが漂ってくる。薪を燃やす匂いはただの煙とも趣きが違っていて、胸に深々と吸い込みたくなる。クリスマスのだいぶ前から2月頃までイルミネーションを施す家も多く、見て歩くのも楽しい。鬱になるときは誰でも、私でもなるのだろうけど、今年の冬も乗り切ったというのは、勲章にして壁に貼り付けてみんなに自慢してもよいと思っている。

クリスマスツリーでどんど焼き?

日本の年明けはすがすがしくてうらやましい。大晦日から元旦、日付が変わっただけなのに空気もどこかしら澄んで人々の心もパリッと引き締まるあの感じ。神頼みしなくとも空が晴れ日が差すのもフィンランドからすると夢のようである。

それに対しフィンランドの年明けはずるずるとクリスマスを引きずっている。

例えばクリスマスツリー。これは1月6日の祝日公現祭まで飾られる。

そもそもツリーといえば本物の木を、スーパーの駐車場や街の広場などの特設会場で売られているものを買ってきて飾るのが伝統だ。もちろん森から自分で切ってきましたとか、プラスチックでできたツリーを飾りますという家庭もあるけれど、本物の木は飾ると部屋中に森の中にいるようないい香りが漂い、その香りがクリスマスの記憶に直結するほど特別なのだそうだ。

ちなみに使う木はヨーロッパトウヒ。私はずっとクリスマスツリーはモミの木かと思い込んでいたのだけれど、同じマツ科であっても違うらしい。

ところがその本物のクリスマスツリー、意外にも手がかかる。まず立てるための土台（別売り、使い回し可）を用意、乾燥させないために根元への水やりも必要だ。飾っている間にも葉を落とすのでこまめに周囲の掃き掃除が必須となる。

それだけ甲斐甲斐しく世話をして愛着が湧くからか、クリスマス後もお正月後もずっと飾り、日本では仕事始めの頃にようやくさようならとなる。

本物の木の場合は次のクリスマスまでしまっておくわけにもいかないので各地域指定のクリスマスツリー回収場所（多くはごみ収集所）へツリーを出しにいく。

1月6日すぎになるとごみに出されたツリーが収集所で山積みに横たわっている様子は、ハレの日にあれだけ持て囃された末路がこれかとなんとも言えぬ哀愁が漂っており、さながら日本のどんど焼きのようだ。

毎年それを見て本物の木をこんなに消費することが環境にいいのかと疑問になるのだけれど、それでもプラスチック製のものを十数年使うより本物の木を消費した方がエコなのだそうだ。

用済みになったツリーは回収されたのちウッドチップなどの燃料として再利用されるので、ただ無駄に切っているわけではないのはよいことだけれど、やっぱり最終的に燃やされる辺りどんど焼きとしか思えない。

そうやってクリスマスツリーも家から消えた頃、我が家では魚卵祭りが開催される。

おしゃれに言うと、ブリニ（blini）というそば粉のパンケーキにキャビアやイクラや黄色くて小さい粒のホワイトフィッシュの卵をのせて食べる伝統があり、そのシーズンが到来するのである。魚卵だけでなく小エビのサラダやスモークサーモンのパテなんかを添えてもいい。赤タマネギのみじん切り、ディル、サワークリームも加わってお皿の上もカラフルだ。華やかなシーフードにはしゅわしゅわした飲み物だよね、とスパークリングワインを開けたりもする。

フィンランドでは年明けから2、3月ごろまで、各レストランで「ブリニ週間」などと称し普段提供していないこのブリニメニューを出すようになる。

食いしん坊が季節ならではの料理を楽しんだり、キラキラと輝く魚卵を食べたりすることに文句はまったくないので家でも一度ぐらいはこのブリニを作るのだけれど、クリスマスでもスモークサーモンや生魚の塩漬け、魚卵を食べたばかりで、途中どこか飽きてくる。

そこで我が家はシーズン中に一食ブリニを堪能したらそれっきり、余った魚卵はどんぶり飯へと変わるのである。

キャビアはともかくイクラはお手頃価格だ。1kgあたり5000円程度で買える。虹鱒の卵で日本に出回っているものよりやや小ぶりであるものの生食可能、軽い塩気があるので醤油漬けにせずとも私はそのまま食べている。

イクラ丼には１００ｇもあれば充分で、冷凍ものだともっと安く出回っているので、フィンランドに来てからというもの納豆（冷凍のおかめ納豆３パック＝１５０ｇで約４５０円）の方が特定の店でしか買えないこともあって高級品になってしまった。

というわけで魚卵を炊きたてのお米にばしゃばしゃかけ、コレステロールで体を満たし新年のスタートを切っている。

ちなみにフィンランドでもダイエットやら禁酒やら新年の誓いを立てる習慣はあるのだけれど、ツリーを背景にしてクリスマス気分を引きずったままの誓いにどこまで効力があるのかとつい勘ぐってしまう。

やるなら今でしょ、アイススケート

平素はのんびり生きているように見えるフィンランドの人々だが、新年には少し姿勢を正し、一年の抱負を掲げるという習慣がある。フィンランド語で「Uudenvuodenlupaus」＝新年の誓い、といい、少し古いが2010年の新聞記事によると人気の誓いは日本でのそれと大して変わらず「もうちょっと運動する」（2位）「体重を減らす」（3位）や「タバコ、お酒をやめる」（4位、6位）などだという。しかしフィンランドらしいなぁと思った誓いもランキングに含まれていたのでここで紹介したい。

「家族や友人との時間をもっと持つ」（1位）。勤務時間が短くゆったり仕事しているように見えるフィンランド人も実はその一日のスケジュールを見てみれば仕事に趣味に勉学にと忙しく、家族と過ごす時間が少なくなりがちである。とくに仕事ばかりしている人間は煙たがられがちな土壌があるので、仕事を第一にすべきでない、という確固たる意志の下、この誓いが1位となるようだ。

それから8位もフィンランドらしい。「何か新しいことを学ぶ」。大人でも働きながら、または子育てしながら学位を取ったりビジネススクールに通ったりできる社会だからこそ、学び続けることが自然と目標となる。

ちなみにこの誓い、一見崇高なものも多いけれど挫折するものとして一般的には認識されていて家族間や友人間でしょっちゅうネタにされている。その辺もまあどの国とも変わらないのであるが、この誓いを立てる1月、もしくはクリスマス直後から既に巷にはスクールやジムの広告があふれ出すので企業にとってはビジネスチャンスであるのは間違いない。

私自身はもう何年も新年の誓いなどせず「今年はこれをやってあれもやって」と大まかに計画を立ててそれをゆるりと実行に移していくだけの生活をしているが、新しいことへの挑戦という意味では昨年末、人生で初めてスケート靴を買った。

2年ほど前からフィンランドでの仕事も住居もようやく安定し始めて、それはそれで安心感があるのだけれど脳が老化するのは避けねばな、と、半年に一度ぐらいは新しいことを生活に取り入れようとなんとなく決めている。スキー、スケートはフィンランドにいる以上いつかはやらねばと思いつつ今までなかなかできなかったことの一つである。子供たちもようやくスケート靴を履けそうな、つまり自分の足でしっかり立って歩ける年齢になったし、近所に公共のスケートリンクもあるようだし、今年こそは始められるかも、と思っていたところへとある日、スーパー帰りの夫が駆け込んできた。

「リサイクルショップでスケート靴が大量に売られてる……！」

そのリサイクルショップはチャリティ目的のもので、我が家最寄りのスーパーに併設されているのである。営利目的でないから手頃な値段のものが多いようだがその分がらくたも多そうで、引っ越してきて半年、私は足を踏み入れたことがなかった。よってスケート靴が売られていることが珍しいのか日常的なのか判断もつかなかったのだけれど、夫によると店の前にわざわざ「スケート靴あります」と手書きの貼り紙がしてあったというぐらいだから、あれだ、「冷やし中華始めました」的な季節モノなのだろうと判断し、見に行くことにした。

スケート靴は店の奥のワゴンにいくつも積み重なっておかれていた。汚れるようなものではないから多少ブレードや革に傷はあるもののきれいなものである。宝の山をさぐるようにひとつひとつ手に取って自分のサイズを探す。値段は一律14ユーロ、約２０００円と新品の半額以下。初心者にはありがたいお値段だ。どういうわけだか女性用のサイズはどれも白ばかりでデザインに大差もなく、自分にぴったりのサイズを見つけられただけで運が良いと考え購入に踏み切った。

一回しか使わないかもしれないし、まったく使わないかもしれないけどそれでいい。誓いを立てるほどしっかりした意志のない小さな非日常を今年もしれっと生活の中に盛り込んでいこうと思う。

カロリー爆弾

今年もこの時期がやってきた。

クリスマスと年明けの豪華な食事から一転、しばらく和食中心の生活を用心深く送り、胃の調子と重量を整えるこの時期。

日本ではヴァレンタインデーに向けて季節限定のチョコが、もしくはチョコレート製品が華々しく咲き乱れ、おそらく一年で最もスウィーツに関心が向くこの時期。

フィンランドでも季節限定のスウィーツが、クリスマスも終わって退屈しがちな日常に、ぬっと現れてくる。

まずはルーネベリントルットゥ。舌噛みそう。Runebergintorttu。ルーネベリさんのタルト。

ユーハン・ルードヴィーグ・ルーネベリ、というフィンランド人の詩人がその昔いまして。その奥さんが彼のために考案したタルトというのが、これ。

作品がフィンランド国歌の歌詞に使用されており偉大な詩人ではあるのだけれど、詩よりもその奥さんお手製のスウィーツの方が現在では有名になってしまって、知人のフィンランド人たちに「彼の作品、国歌以外でぱっと出てくる？」と聞いても答えが返ってきた例しがないくらい。

余談だけれど彼はスウェーデン系フィンランド人だったので、作品も全てスウェーデン語で書かれている。彼の名字Runebergもフィンランド名ならルネベルグ、とローマ字読みで読むところを、ルーネベリと頭にアクセントがついてgを発音しないのはスウェーデン名だから。ムーミンの生みの親のトーヴェ・ヤンソンも同じくスウェーデン名なのでToveと記してトーヴェと頭にアクセント。とちょっとした豆知識。フィンランド語はスウェーデン語の影響でたまにややこしい。

肝心のタルト。タルトとはいえ、円筒形のロウソクみたいな形をしている。大きさはカップケーキより一回り細く背を高くしたくらい。

小ぶりながらアーモンドパウダーとブラウンシュガー、バター、ラムなどの洋酒の入ったしっとり、どっしりした生地にラズベリーのジャムとアイシングが載ったお菓子で、一つも食べれば充分満足できる。

これが年明けあたりからルーネベリさんの誕生日の2月5日（公式にルーネベリの日として旗も揚がる）頃までカフェやスーパーで出回るのだ。それゆえの季節限定。

それと並行して、もうひとつ季節のお菓子がある。

ラスキアイスプッラ。Laskiaispulla。

このエッセイに何度も登場しているフィンランドの菓子パンの代名詞、プッラの一種だ。ラスキアイスプッラは普通のプッラよりもよっぽどたちが悪い。

カルダモンの入った甘くて丸いバンズの上の方をスライスして、イチゴのジャム、もしくはアーモンドペースト、そこに追い打ちをかけるよう粉砂糖をふりかける。もちろんクリームは動物性のこってりした生クリーム。カロリー爆弾としか呼びようのない代物だ。

なんでこうなっちゃったのかというと宗教的なイベントの背景がある。そもそもラスキアイネンというのはイースターの40日前である日曜日から火曜日まで行われる祝祭のことだ。イースターまでの間、肉や卵など動物性食品を断食する習慣がかつてはあり、その前にたっぷり栄養補給をしましょうとこのカロリー爆弾は生み出されたようである。

他にもフィンランドのラスキアイネンの日には、同じ栄養補給というか栄養備蓄目的で緑の豆のスープ・ヘルネケイット（詳しくは『やっぱりかわいくないフィンランド』参照）を食べたり、そりやスケートなどの雪遊びをたっぷりして昼間っからサウナに入ったりという習慣もある。パンケーキを食べたりもする。

で、このラスキアイスプッラ。季節物だからやっぱり期間中に一度は食べようとするのだけれど、私は実は、生クリームが苦手なのだ。

もともと大食いなので若い時分はこれでも人並みにケーキとかスウィーツとかたくさん食べていたのだけれど、三十路を過ぎたあたりからはチョコレートや生クリームが、フィンランドに越してきてからは乳製品が、どうも苦手になってきてしまった。食べられるけれど、たくさんはもう無理。

よってこの本来ありがたいはずのラスキアイスプッラも、完食できるかどうかで自分の胃の底力を測るという変な食べ方になってきた。

毎年日付が変わるイースターに合わせてラスキアイネンの日も3月だったり2月だったりと変動する。

今年は特にルーネベリの日と近い2月14日がラスキアイネン（ライスキアイスプッラを食べるのはその次の火曜日の16日）とあって、年明けから胃の調子を整えて季節のスウィーツ2種類を食べるべく万全な体制で臨んだつもりだったが、やはりラスキアイスプッラの方の完食は無理だった。いや、一口目は美味しいのだけれどその後がどうも続かない。

今年買ったベーカリーのものはクリームも甘さ控えめで行けるかと思ったのだけれど、アーモンドペーストがねっとりと甘過ぎた。

フィンランドに住む人たちの間では、このラスキアイスプッラ、アーモンドペースト派かジャム派かでしょっちゅう議論が発生している。複数の統計を見ている限り酸味あるジャム派の方がわずかに優勢のようだけれど、私はつい家にはないという理由で甘ったるいアーモンドペーストを選んでしまう。それが敗因のようで、プッラに罪はない。

昨年は幼い子供が食べられるように手作りもしてみたけれど、砂糖やクリームを控えめにと手加減してみると逆に食べ過ぎてしまい危険なのでもうやめた。

ちなみにフィンランドの2月14日は、「Ystävänpäivä」＝友達の日、と呼ばれている。カップルのためのイベントというより友達間でカードを贈ったり、食事に行ったり、大事な人を思い出しましょう、というような温度感だ。

店ではよその国の商戦に乗っかろうとハート形のドーナツやチョコレートなどのお菓子がこの日用に販売されたりはするけれど、まあいまいち盛り上がっていない印象。

ここに万が一日本のチョコレート祭りが乗っかったらもう、カロリー超過で爆発しかねないので、そんなよその国の習慣は取り入れずに地味なフィンランドのままでいてほしい。

ここはフィンランドだと実感するとき

海外において日本と同じレベルのサービスを期待してもしょうがないのはわかっているけれど、これだけは解せないというものがある。フィンランドの宅配サービスだ。

例えば日本の実家から、乾物や書籍類などを段ボール一箱分、航空便で送ってもらったとしよう。送料は重さによるけれど数千円から1万円ほど。決して安くない。

その荷物がフィンランドに届いてからは国営郵便Postiの管轄になるのだけれど、それがドアまで配達されないのだ。自分で、最寄りの郵便局代行業をしているスーパーやコンビニに取りに行くことになる。

え、宅配便って、小包って、家まで来るもののことじゃないの……？

国内便の場合でドアまで配達という有料オプションをつけたとしても、再配達なんてものはなく、「10時から17時まで」というアバウトすぎる配達予想時間にうっかり不在にしようものなら自ら取りに行かなければならない。

コンビニ受け取りなら日本にもある。しかしフィンランドの場合は自由に店舗が選べるのではない。勝手に、「ここ君んちの最寄りだよね？」と決められた場所での預かりとなるのだ。しかもコンビニと言いつつ夜はしっかり閉まる為、いつでも取りに行けるというのでもない。

我が家の場合は徒歩10分の距離に郵便代行業をしているスーパーがあるのだけれど、どういう仕組みだかそこではなく徒歩20分の似非(えせ)コンビニ（夜は閉まってる）にいつも振り分けられてしまう。郵便局の言い分によると、預かり荷物が上限いっぱいだとかなんだとかで他所に行くのだとか。

それにしても、子供を連れて徒歩20分、森を抜け、丘を登り、段ボール箱を取りに行くことの大変さよ。呪いの言葉を吐きながら森を歩いて行ったことも1度や2度ではない。

では手紙ならきちんと届くのかというとそうでもなく、3年も前に住んでいた前住民宛のDMがうちのポストに投函されることもしばしばある。もちろん郵便受けには名字がしっかり表記されているので字さえ読めれば起きないはずのトラブルである。

それからマンションに住んでいたときは、玄関ドアまで届けてくれるはずの荷物が届かず、「オートロックのドアコードわからないから自分で取りに来てね！」としょっちゅうお知らせのメールが飛んで来ていた。確かに共用エントランスに鍵はかかっている。でも普段お手紙を届けてくれる郵便屋さんは、そのエントランスドアを開けて、全戸についている日本で言う「新聞受け」に手紙を毎日配達している。なにゆえ同じ会社の小包担当者だけドアコードがわからないとか言ってのけるのだ。

宅配といえば、スーパーの宅配サービスもなかなか世知辛い。

今年に入ってから2週に1度のペースで大型スーパーの宅配を利用している。子供を連れて大荷物は運べないし、夜中でも夫と家でメニュー相談しながら買い物オーダーができるので重宝しているのだけれど、4人家族で2週間分、かなりの金額の買い物になる。それがたとえ5万円分の買い物でも10万円分の買い物でも日本みたいに宅配料金は無料になったりはせず最低でも10ユーロ（約1400円）は取られる。

これは時間帯や曜日によって変動して、人気の時間帯だと20ユーロかかることもあり、今のところ無料配達のスーパーは見たことがない。

そしてずっしり食料品その他の詰まった重たい荷物を配達してくれるのはドアの外まで。外に置いてはいさよなら、となる。

こんな愚痴をよくこぼしているせいか、先日お仕事関係の荷物が民間の国際便で届いた。怠けがちな国営の郵便局を通すことなく、空港からほぼダイレクトに届けてくれる、なんとも素敵なサービスだ。もちろん再配達もあり。

狙ったわけではないけれど、その配達の日、私は家にいられなかった。ウェブサイトで再配達の依頼をしようとしたらどうも本社のあるアメリカのサイトに飛んでしまいアメリカ式の住所しか入力できず郵便番号などフォーマットチェックに引っかかってエラーになる。

仕方がないのでフィンランドにある業者の事務所に電話すると、「今日はもう応答できません」のみの自動メッセージ。夏で、日はまだ高く照っていたが17時を少し回っていた。時間外では再配達の自動受付さえしてやらないぜ、という強い意志を感じた。

翌日ようやく通じた電話口で、ウェブサイトの使いづらさを指摘すると「そうですよねー、あれ評判悪いんですよ」と他人事のようにあっけらかんとした回答だったのでもう笑ってしまった。

やっぱりここはフィンランド、である。

フィンランドに引っ越してきてから大きなカルチャーショックは特になかったけれど、日常の中で「なんでこれが……」と小さく驚き、ときには呪いをかけるように呟いていたのが、「すべてが重くて大きい」ことだ。たとえば調理台。

最初に住んだ家では1970年築だったのでシンク台もそこそこ低かったけれど、2010年代にキッチンがリフォームされた次の家の調理台は90センチある。そこに直径約30センチの家庭用にしてはやけに立派なミキシングボウルを置いて、いかつい泡立て器でホイップでもしようものなら肘の高さが肩まで上がってしまい、私は毎回ダイニングテーブルで作業する羽目になっていた。

それからキッチンの吊り棚。

天井近くまであって踏み台がないと届かない。いや、本当は踏み台程度じゃ届かないので夫を召喚するかダイニングチェアを引きずってきてどうにかやっている。

あとはトイレ。ショッピングセンターなど外出先のトイレに腰掛けたら、うっかり足がぶらぶらしてしまうこともある。

フィンランド女性の平均身長は165cm前後らしい。私の身長は日本人女性の平均だと言われている158cmほどで、そんなに変わらない気もするけれど足の長さの違いだろうか。

こちらでは「日本では平均身長だよ」と何度主張しても事あるごとにミニサイズ扱いされてしまう。

フィンランドでの初めてのクリスマスで、とある人からXSサイズのパジャマをもらってさすがにそれは小さく見積もりすぎだろうと思ったらぴったりだったということもあった。

それから重い、重たいでいうと掃除機が毎回憎たらしかった。

某スウェーデンメーカーの、結婚以前から夫が所有していた「パワフルなやつ」を使っているのだが、スティックタイプのではなくごく普通の掃除機で、ちょっとした段差やクローゼットから出してくるときに持ち上げると腕がぷるぷるする。

今ネットで後継モデルの重量を調べてみたらノズルなしで6kgらしい。新しくなっても軽くはなっていない様子。

何度買い換えてくれと頼んだことか。そのたびに買ったばかりなこと、パワー面では最高級品であることを説かれた。夫は力があるから重さなんてまったく気にしたことがないのだ。

結局子供が生まれるまでは掃除機は夫が担当することになりそれはそれで楽だったけれど、

子供が生まれてからは徐々に筋力がついたので気にならなくなってしまった。今では片手でひょいだ。

フライパンも国産メーカーのしっかりしたのを買おうとするとどれも重たくて何度も買い換えを断念した。

iittala とか Fiskars とかは、丈夫ではあるのだろうけれど私の腕にはダンベルとしか思えない重たさだ。手首が痛くなる。

ちなみに私は華奢とは程遠く、これでも学生時代に剣道で竹刀や木刀を振り回していた。それでも、の重量なのである。

もともと夫が持っていた直径28cmのフライパンは重たすぎて、これまた自分の頭より高い吊り棚に収納するのに毎回苦労し買い換えたかったのだけれど、店に行ってもそれ以上重たいのばかり。

この国にはテフロン加工の、日本で言うイオンとかヨーカドーのキッチンコーナーに3000円ぐらいで売っている軽くて安い商品はないらしい。

この「フライパン重量上げ問題」も子供が生まれてからついた筋力により徐々に解決して行ったけれど、今度は子供がもりもり食べるようになってやはり大きめのフライパンが必要になってきた。

そこで、ＩＫＥＡである。

ＩＫＥＡの立ち位置はこちらではおしゃれな店というよりホームセンターだ。安いものをたくさん売っている店。品質や手厚いサービスはそんなに重視しない人向け。ＩＫＥＡでいいよね、と妥協するもののある程度の信頼は寄せている。

そのＩＫＥＡで売っている中華鍋が、私が今まで何年もデパートや大型スーパーを渡り歩いて試したどのフライパンよりも、軽くてしっくり来たのである。

実はそれとは別に国産メーカーFiskarsの、オーブンにも対応した重たいフライパンも使用しているのだけれどそちらは大きなサイズはとても使えず24cmのみ、日本食の炒め物や中華料理などを作るときはＩＫＥＡの中華鍋を使用している。

と書いていてふと思ったけれど、フィンランド料理では基本、調理中の鍋やパンを揺すったりしない。オーブンに入れて放置とか深い鍋でジャガイモを茹でるだとか、厚手の鍋で煮っぱなしとか、そんなのばかりだ。

それゆえの重さ、オーブンにも耐えられしっかり保温できる厚みだとしたら、長年文句を言っていたのが申し訳なく思えてきた。

いやでもやっぱり、掃除機の重たさは納得いかない。

こっちの家電にはその他にも色々物申したいことがある。それはこの次の機会にまた。

家電に物申したい（魔の3時間篇）

これを書いている私の後ろで洗濯機が唸りを上げて回っている。昨日洗おうと思ってできなかった洗濯物がたっぷり中に詰まっているせいか低く気だるそうな音に聞こえるのは気のせいか。

洗濯はいつもタイミングを逃してしまいがちな家事の一つだ。というのも一回回すのに3時間かかるのだ。

ドラム型の洗濯機である。一応言っておくが2015年ごろに買ったもので、昔の二槽式ではない。それなのに3時間かかる。乾燥なしで、である。

最初にこの洗濯機にお会いしたときはなんの冗談かと思った。

洗う際の水の温度を設定できて、通常の衣服に推奨されている30℃か40℃にセットすると表示される残り時間は2時間半。さらにそこに「エコモード」というオプションがあって加えると3時間になる。水温が高いともう少しかかり、最高設定温度は90℃。

そんなに時間をかけて電力を使用すると逆にエコでなくなるのでは……？　と毎回疑問で

ある。

それでもさすがに日本の洗濯機みたいにお急ぎモードがあるだろうと探してみると、あった！

その名も「スピードパーフェクト」というオプションで、なんとお時間たったの1時間です。

他にも15分だけの、直訳すると「めっちゃ早い」モードもあるのだけれどそれは数着のみ洗う場合で回転数も低く、逆に乾くのに時間がかかる。

というわけで急いでいても使えるのは1時間モード。

出かける予定があると回しっぱなしにはできないので、家に3時間以上いる時間を見計ってスタートしなければいけない。

なんでこうなっちゃったかはいまだに謎のままだけれど、ドイツ製の洗濯機だからではないかと私は推測している。

エコというのは日本人の感覚からすると電力をできるだけ使わないこと、と思いがちだけれど、どうやらドイツの洗濯機は水をどれだけ少なくするかも大事にしているらしい。それゆえ、浸け置き洗いのような洗い方を3時間かけることによって実現しているのだとか。

さらに昔は洗濯物を大鍋で煮ていた習慣があるらしく、それゆえ90℃でタオルやシーツの菌を取り除こうという考え方らしい。

その洗い方がフィンランドの軟水や水道代、電気代を加味しても適切かどうかは疑問視しているのだけれど、我が家も洗濯表示タグとにらめっこし、高温で洗えるものは洗うようにしている。

同じように食洗機も、普通モードで3時間ほどかかる。これも水を使うため、万が一水漏れがあったら怖いので在宅時にのみ使うようにしている。

この在宅時にのみ使うというルールを他の家庭がどれほど厳密に守っているか私は知らないけれど、うちは大雑把な私とは違って夫がこういうのに細かいのと、私自身日本で一度洗濯機の水漏れ事故に遭遇しているから、律儀に守っているのだ。

食洗機に至っては4人家族の1日分の食器をまとめて夜に回す。寝る時間だ。狭い家なので機械の立てる唸り、水音、うるさいことこの上ない。

それでもなぜ夜なのかというと、最初引っ越してきたときこの家には食洗機がなかった。そこで自分たちが店頭で食洗機を選んでエンジニアに設置してもらったのだけれど、このモデルにはどういうわけだかチャイルドロックがなかったのである。

子供が入り放題な間取りの我が家のキッチンで、好奇心旺盛な幼児を抱えて、彼らがいる時間に食洗機は使えない。というわけで夜。

更にサイレントモードもなく、仕上がりのピーピー音を夜中家に響き渡らせるのにも、もう慣れた。

前回書いた調理道具にしても掃除機にしても、そもそもこちらの商品は小型化や軽量化、時短を考えて作られたものが少ない気がする。

これが日本の勤め人なら遅くまで残業して帰ってきて洗濯3時間なんてやっていけないけれど、こちらではみんなが家に引きこもっている想定、更にみんなが健康で力持ちの設定で作られているのだろうか。

そういえばフィンランドに越してきてしばらく見つからなかったもののひとつに、化粧品やシャンプー類の「旅行パック」がある。各コスメブランドが出しているものは極端に少なく、では自分で詰め替えようと空のボトルを探すも見つけづらい。

あったとしてもひと瓶のサイズが大きく、しかも日本なら100円ショップにありそうなのに、こちらでは5ユーロ以上したりする。

ではみんなどうしているのかと見ていると、iPadが入りそうなほどの大きなポーチに、普段使いのボトルを入れていたりするのだ。

重さ、無視。飛行機に持ち込むわけじゃないからいいでしょ、と言わんばかりに大きいコスメ類を旅行に持っていく。私は旅行となるとどれだけ荷物を減らすかに力を注いでいるけれど、周りは力の使い方が違うようだ。

もしくは旅行やホリデーの定義が日本とは違って1ヶ月単位なので、この国ではミニチュアボトルなんぞ流行らないのかもしれない。

でも無駄に時間のかかる家電も省スペースを考えないパッケージングや製品デザインもゆとりゆえ、とまとめてしまうのは違う。断じて違う。

パン事情

我が家の朝食はパンだ。フィンランドの朝食といえば米やオートミールを柔らかく煮た粥（プーロ）が代表的なものだけれど、私は甘いものが苦手なため朝食はここ何年も、たまの和朝食を除いて、オープンサンド一択にしている。

ヘルシーなライ麦パンやオーツ麦パンにハムとチーズ、スモークサーモン、ニシンの酢漬け、トマトやきゅうりのスライスなんかをのせて食べる。のせるだけなので手間もかからない。

もちろん昼食や夕食にも、大盛りサラダやスープのお供にパンを食べることがある。手抜きメニューの代表格で、忙しいときでもおいしいパンがあるだけで食卓が華やぐ。

そのパン、どこで買ってくるのかと言えば主にスーパーだ。

各街角にベーカリーがあり朝から焼きたてパンを買ってきて食べる、という習慣はフィンランドにはあまりない。もちろん朝から開いているパン屋もあるにはあるのだけれどそれは都会の話であって、私の住んでいるヘルシンキの隅っこには残念ながらそんな素敵なパン屋さんはない。

しかしスーパーのパンのクオリティが高い。

ゲイシャチョコレートで日本に知られるようになったFazerはチョコレートだけでなくパンや製菓も手がけているのだけれど、工場で作る袋入りのパンのみならず、各店舗で焼き上げる商品もスーパーに卸している。

またドイツ資本の格安スーパーLidlもオリジナルのパンを店舗で焼いている。

ここ数年、フィンランドのスーパーは早朝から、もしくは24時間開いているところもだいぶ増えてきたので、朝早くに焼きたてパンを手に入れるのも難しくなってきた。もちろんランチや午後のおやつに惣菜パンや菓子パンを買っていく人も多いから、店では一日中何かしら焼いている。

ライ麦でできた固いパンは焼きたてではなく1日経って落ち着いたものを好む人もいるけれど、バゲットやチャバッタなど鮮度が大事なパンを夕飯にするときにこの、その日に焼き上がった商品は重宝する。

更に最近我が家ではスーパーに行く回数を減らすため、常温保存できる半生のパン、冷凍保存のパンも常備している。

常温保存のパンは厚手のビニールバッグに入っており、1ヶ月ほどもつ。食べたいときにオーブンに入れて温め、10分から20分ほどで出来上がり。冷凍保存のものも同じように冷凍状態からオーブンで温めるだけ。

日本でもフランスの冷凍食品店ピカールが進出して冷凍クロワッサンなどが流行っているようだけれど、我が家でも冷凍クロワッサンはだいたい冷凍庫に入っている。

毎日は食べないけれど、たまにライ麦パンやフィンランドのパンに飽きたときに無性に食べたくなるクロワッサン。これぱっかりは焼きたてが一番で、でもお店から焼きたてを買ってくると運ぶ途中で潰れてしまったりする。冷凍なら食べたい衝動にもいつでも対応できる。常温保存で半生のクロワッサンも実はあるのだけれど、味は冷凍ものの方が圧倒的にいい。

また冷凍パンは他にもみんな大好きシナモンロール、お米の入ったパイ・カルヤランピーラッカ、ミニサイズの惣菜パイなどが売られている。

常温保存でおいしいのはバゲットなどのセミハード系のパンだ。表面をパリッと焼き上げ、中がしっとりふんわりした状態で熱々を食べられるのは家のオーブンで焼いてこそだ。

お値段は常温保存のバゲットが1本約２００円、冷凍ミニクロワッサンの12個入りが約３００円。

袋入りの平べったいライ麦パンの6個入り（半分にスライスしてあるので12切れ入り、オープンサンドなら2切れで1人前）が1袋１００円程度で買えるので、それに比べたらフィンランドでは高い部類なのかもしれないけれど、パン屋のバゲットは1本400円以上するので、それよりはお財布に優しい。

そして最近私はサボりがちだけれど、フィンランドでは各家庭でパンを焼く人ももちろん多い。小麦粉もライ麦粉もイーストも安い。

しかも我が家で頻繁に登場するライ麦入りの丸いパンなんかは生地をこねることなく軽く混ぜて発酵、成型、二次発酵して焼くだけ。オーブンを使う用があったらその横でついでに材料をさっと混ぜて、他のものを作っている間に発酵させて、終わったら丸めて、オーブンに入れればすぐできる。

ライ麦パン Ruissämpylä レシピ（20個分）

【材料】
牛乳　2・5カップ（500ml）
ドライイースト　15g
砂糖　大さじ2
塩　小さじ1
ライ麦粉　3カップ
強力粉　3カップ

食用油　０・５カップ（１００ml）

【作り方】

1、牛乳を人肌程度に温め、ドライイーストを溶かす。

2、残りの材料を1に順番に加え、ゴムベラでざっくり混ぜていく。均等になったら手で、こねない程度に混ぜる。

3、生地がまとまったら布巾をかぶせ室内で30分ほど発酵させる。

4、オーブンを２００度に予熱。生地が2倍の大きさになったら20等分し丸める。オーブンシートを敷いた天板に並べて二次発酵。

5、生地が膨らんだらオーブンに入れて10分ほど、軽く焦げ目がつくまで焼く。

ライ麦パン、と一言で言ってもパウンドケーキのような四角い形のずっしりしたものやドーナツ型で平べったい、嚙むほど味がしてくるものなどたくさん種類があるけれど、このパンはライ麦１００％ではないぶんふんわり、サンドウィッチやハンバーガーにも向いている。もちろん焼きたてにバターをつけて食べるだけでもおいしい。

ベビーカー事情

第一子がまだお腹の中にいた頃、予定日より5ヶ月ほど前だったと思うのだけれど、フィンランドのベビーカー屋さんに行った。

今こうして振り返るとかなり早い気がする。日本の友達にベビーカーについてアドバイスを仰ぐと、生まれてから買う人もいるよ、と言っていたぐらいだから、それを考えると半年分ぐらい前のめりだ。

日本では生後1ヶ月は母子ともに外に出ないという習慣があるし、赤子の首が据わる3、4ヶ月頃にベビーカーを使い始め、それまでは抱っこ紐を使用する家庭も少なくない。

それに比べフィンランド。産褥期という考えはない（『ほんとはかわいくないフィンランド』参照）ので退院したその日からベビーカーやチャイルドシートに乗せて家路に就くという人もいる。よって生まれる前に買うのは当たり前。

加えて我が家ではプレゼント魔の義母がいる。妊娠報告した次の日から「ベビーベッドは私が買うわ」と張り切り、使う予定がないので辞退すると「じゃあベビーカーのキャリーコットを」となり、その勢いに押されるように早めに店に見に行くことになった。

私が義母を大好きな点は世の中の厄介な姑とは違って、自分が一緒に買いに行くとかこのメーカーにしなさいとか一切言わず、「好きなのを選んで教えてね、注文して送るから」とあっさりしているところだ。おかげで夫婦のみで気兼ねなくゆっくり好きなものを選べた。

さて、フィンランドにはベビーカーを取り扱っている店が非常に少ない。

老舗デパートに入っている赤ちゃんコーナー。ベビーカー専門店およびベビー用品店がヘルシンキ市とその周辺に3軒ほど。それからなぜかヨドバシカメラのようなビル型家電量販店のベビーコーナーも品揃えが充実している。

でもそれぐらいであとはみんなネットで買うらしく選択肢が少ないのだ。我が家も主要店はすべて回った。

郊外にある大きなベビーカー屋さんではフィンランドに出回っているあらゆるベビーカーおよびチャイルドシートが展示されていて圧巻だった。

驚いたのはベビーカーを実際に押して試せるよう店内にスロープまで用意されており、更に「外をちょっと歩いてきてもいいわよ」と店員さんが言ってくれた。外には雪が積もっている。だからこそ、だ。

フィンランドではベビーカーを、子供が3、4歳になるぐらいまで使う。

雪の日でも使う。

それ故、多くのベビーカーの体重制限18kgと荷物を雪道でも石畳でも支えられるように、車輪が日本のベビーカーと比べるとやたらごつくて大きい。むしろ日本でよく見かけるベビーカーはこちらでは「夏用」とか「旅行用」と呼ばれているぐらいだ。フィンランドの家電や小物が大きいと以前書いたけれど、ベビー用品においても安定の大きさ、頑丈さなのである。

またフィンランドではベビーカーを連れているとバスや電車などの公共交通機関が無料になる地域が多い。

ヘルシンキを中心とした首都圏の場合、バスも近郊電車もメトロもトラムも、ベビーカーを連れた大人の運賃は全部無料になる。これはもともとバスでの運賃支払い箇所が車内前方の乗り口にしかなく、バリアフリーになっている車内中央ドアの降車口からベビーカーを載せた場合、親がベビーカーを走行中のバスに放置してまで前方へ支払いに行くのは危険性がある故に始まった無料措置である。最近は自動支払い機が中央部にも設置されているバスも増え、そもそも地下鉄やトラムでは危険性は関係ないなど、無料措置をやめようという議論も活発に起きているのだけれど、今のところ伝統として残っている。もちろん子供は7歳未満なら無料。ベビーカー置き場も完備されていて、路線バスなら3台は置ける。

長距離電車はその例外で料金はかかるけれど、広々としたベビーカー置き場のある車両および、子供用のプレイルームがある。

それ故、ベビーカーを連れて公共交通機関を利用するのが当たり前で、歩ける年齢の子をベビーカーに乗せて乗車しても文句を言われることはない。

さらに我が家の場合は親の年齢的に、上の子がベビーカーを卒業する前に下の子も産むことになりそう、と2人乗りでも使えるモデルを探していた。

というわけで頑丈なベビーカーが必要になるのだけれど、そういったベビーカーはそれなりに重たくもあり、テストが必須というわけだ。

雪の上を歩くこと自体慣れていない移住2年目のよちよち歩きの私が、展示品のベビーカーを押して外の雪道を行く。車輪は各社しっかりしており雪の上も歩けるものの、ちょっと除雪されていない箇所に当たると途端に重たくなる。

実際私が試したうちフィンランドで大人気のEmmaljungaのベビーカーは、スウェーデンブランドとあって雪道も難なく進めたけれど、バスの乗車時など大きな段差を越えるのに必要な、後輪を地面につけたまま前輪を持ち上げるという動作が足の短い私には難しく、また腕で赤子入り本体を持ち上げるのも大変そうでやめた。

Emmaljungaは取っ手が木目調だったり赤ちゃんが座るシートのデザインも本体もクラ

シカルなものがあったりととても可愛らしいのだけれど、のちに育児仲間に聞いたところによると市内のとある公園に行くとベビーカー派閥があり、このメーカーの利用者というか信仰者のみで集っているかたまりがあり、マウンティングもあるらしい。そういう団体はちょっと私向きじゃない。

他にもオランダメーカーBugabooなんかも人気なようで店頭で勧められたけれど、目玉が飛び出るようなお値段がする。ハイチェアで有名なStokkeも然り。

新生児から使えるキャリーコットと、通常シートと、2人目のシートと、などと買い揃えて見積もりを出してもらうとどのメーカーも日本円換算で10万円超え、人気メーカーのものだと15万円以上することもあった。

こういうところはさすがの物価高フィンランド。

その後ヘルシンキ近辺の店舗は全部回り、人気のオシャレすぎるブランドもなんだかなぁとしっくり来ず、結局無難で信頼のおけるBritaxのチャイルドシートとドッキングできるモデルを選んでおいた。

酔っ払い事情

フィンランドには飲んだくれ、もとい、アルコールに強い人が多いと何度か書いたけれど、その割にこの国ではアルコールは悪だとされている節がある。

例えばアルコール度数の高い飲料の販売は国営の店、その名もAlkoでのみ許可されている。

休息日に当たる日曜日は閉店で土曜日も18時まで、平日は21時までと営業時間も厳しく管理。

ちょっといいことがあってお祝いにいいワインを手に入れようとしても日本ほど気軽には手に入らないのだ。

スーパーではアルコール度数4・7％未満の飲料は売ってもいいことになっているのでビールやロングドリンク、アップルサイダーなんかは手に入るけれどこちらも21時まで。たとえ24時間営業のスーパーであってもきっちり規制されている。

どうしてそこまで規制されているのかはもちろん、アルコールがらみの犯罪や民間トラブルが多いからだ。

販売規制の他にも親が子供に酔って醜態を見せるのはよくないこととみなされていて、良識ある家庭では親は子供の前で酔わない、飲みすぎない、もしくは子供が寝た後にだけゆっくりお酒を楽しむという工夫をしている。

例えば3人の子供がいる友人宅では、BBQパーティーをしても子供がいるうちはコーラなどを飲み、子供が食べ終わって寝る時間になってビールやワインを出してくる。そして飲み終わった缶や瓶は子供が翌朝起きる前にリサイクル用にきれいに洗って乾かし、隠しておくのだそうだ。

私は昭和から平成の子供時代、父のビールをお酌してつまみをくすねるのが日課だったのだけれど、そんなこと、つまり幼い子供が飲酒の場に立ち会うことはフィンランドではとてもできない問題行為なのだそうだ。

要するに未成年がアルコールに触れる機会を極力減らさなければいけないらしい。

もちろんキリスト教の国だからというのもあるだろう。

アルコールは罪、それも刑法に触れる罪（crime）ではなく教えの中での罪（sin）なので、うまく折り合いをつけて嗜むべきとする傾向がある。この辺の違いが、日本から来た私には最初わかりにくかった。

我が家でも第一子を妊娠中、夫が会社の飲み会から酔って帰ってきて、突然「今後は飲む回数を減らす」と宣言して妻である私はびっくりさせられたことがある。

私はそれまで夫が飲むのはまったく問題視していなかった。

一回の量は多いけど毎日ではないし、家計を圧迫するほどでもない。更に夫の場合はたくさん飲んでも顔色も態度も大して変わらない。

少し飲んだだけで目が回るか吐くか世界が美しく見えてしまう私よりはよっぽど人に迷惑をかけていないと思う。

飲み会の回数にしたって、夫は当時、会社の大事な顧客相手の仕事をしていたからたままフィンランドでは多い方だったけれど、それでも年に3、4回程度。

それもクライアントとちょっといいレストランでお食事するときにワインを開けて、その後よっぽど盛り上がったら食後にバーに行く程度で、そう頻繁にあるわけでもない。会社のお金だし好きにすればいいのに、と思っていた。

もっと本音を言うと夫が会社の経費で未開拓のレストランへ行きいい店を見つけてきたり、一緒に働いている接待メインの部署からたまに高級レストランのクーポンが流れてきたりと逆に嬉しかったぐらいだ。

それでも夫いわく、「こんな風に酔って帰ってくるような父親になりたくない」のだそうだ。

それ以降夫は本当に宣言を守り、週末のロースト料理に合わせるワインと、週一回のサウナ後のビール以外は飲まなくなった。お客さんが来たときや旅行中は例外だけれど、その飲み方がベストなのだそうだ。

フィンランド人のアルコール問題、といえば避けては通れないエストニアへのフェリー旅がある。

フィンランドのガイドブックに載るほど有名だけれど、フィンランド人はお隣の国エストニアの首都タリンへ、フェリーで片道3時間ほどかけて出かけて行き、お酒を買い込んでまたフェリーで帰ってくる。エストニアの方が物価が安いからだ。例えばクマがトレードマークのフィンランドのビール「カルフビール」も、サウナのお供の「ロングドリンク」もエストニアに行ったら半額から3分の2ぐらいの価格で売られている。

それらをフィンランド人は持参のスーツケースやキャリーカートに何ダースも箱買いして逆輸入してくるのだ。

更にフェリーの中でも免税店でアルコールの類を売っている。つまり、宴はまだ続く。

フィンランドに帰ってくるフェリーの中では大量の酒をタリンで飲んできて酔いつぶれた軍団が廊下に転がっていたり、狭いキャビンでドアを開けっ放しにして酒盛りしていたり、と見苦しいことこの上ない。

ビュッフェ式のレストランに行けばワインが飲み放題なのでここぞとばかりにグラスになみなみと注いで、さして美味しくもないワインをがぶ飲みしている。

それを見るとアルコールを悪とみなすのも必要な気がしてくるから不思議だ。

仮装に怯える

　このところ私は怯え続けていた。

　秋から冬、春の訪れを祝うイースターまで、フィンランドに住んでいる者としては油断ならぬ状況なのである。

　いつ保育園から「仮装パーティーのお知らせ」が来るかわからないからだ。

　イースターの前の日曜日、フィンランドでは子供達が魔女の仮装をしてご近所さんを回りお菓子をもらうというハロウィンそっくりなイベントがある（『やっぱりかわいくないフィンランド』参照）。

　他にもイースターに関する工作や料理は色々あるのだけれど、その仮装行列は子供的にハイライト。

　最近は気軽に近所を回れない風潮もあり、せめて仮装だけでも保育園でしましょうか、とする流れも出てきている。

　そのお知らせが、結構突然に、例えば開催日と同じ週に来たりするものだから、油断できないのである。

今年は第二子も保育園に、それも第一子とは別の園に入ったとあって、どっちの園からいつお知らせが来るのかとびくびくし続けていた。絶対どっちかの園はやるだろう、と。

そもそも仮装道具、普通家にあるのか？　ない。うちはない。

H&Mなどのファストファッションの店や、パーティーグッズの店に行けば比較的安価なものが売られているのも知っているけれど、思い立ったらすぐに買いに行ける状況でもないし。

そもそもすぐにサイズアウトしそうなものを年数回やるかやらないかのイベントのために買い置いておくのもなんだかなぁという気がしている。

自分で作るのも、何度か書いているが私は裁縫が苦手なのでやりたくない。時間もない。

子供的にはきっと楽しいのだけれど、なるべく仮装イベントは園ではやって欲しくないのが本音である。いや、やってもいいけどせめて1ヶ月ぐらい前に告知してほしい。

昨年のハロウィンではそんな私の願いが通じたのか、「今週ハロウィンパーティーするけど仮装じゃなくパジャマで登園してね」とお知らせがあった。

先生グッジョブ。パジャマなら家にある。

それも絶対ではなく「パジャマ着たい人はどうぞ」という程度、強制でもない。

もちろん喜んで、パジャマの上に上着を着せて連れて行った。はたから見ると着替えがめんどうくさかっただけの親である。

あまりにもありがたすぎて担任の先生に「この企画めっちゃいいですね、楽だし」と本音を伝えたら、「小さい子供達は仮装してもハロウィンとかよくわかってないからこれぐらいがいいのよ」と返ってきた。

なるほど、宗教上の配慮も絡んでいるのかと思っていたけど、もっと単純な理由だった。確かに幼い子に仮装させても親の自己満足だけで終わりがちだ。先生さすが。

と油断していたら、だ。

クリスマス休暇で園がお休みに入る前にまた新たなお知らせが来た。

「明日クリスマスパーティーやるからトンットゥの帽子持たせてね！」だ。

トンットゥというのは妖精というか小人、ノームのような存在で、サンタの助手をするのはヨウルトンットゥと呼ばれ赤いとんがり帽を被っている。

その赤いとんがり帽子を、フィンランドのクリスマスではみんな被ったりするようなのだけれど、帽子が人数分、子供サイズまで各家庭にある前提でお知らせしてきたあたりに戦慄した。

いや、結果としては我が家にも人数分あって、クリスマスはアホみたいにみんなで被っているのだけれども。

　これもすべて義母のおかげで、子供がまだ生まれたての頃から赤ちゃん用を送ってきてくれたり、その後子供の成長に合わせて夫も毎年買い足したりしていたから家にあっただけ。そうじゃなきゃ、例えば私だけで子供を育てていたら、そんな仮装帽子きっと買っていない。

　そういえば初めて義母の家を訪ねたときクリスマス時期で、義母は初対面だというのにその赤いとんがり帽子を被っていてちょっぴり変わった人なんだなぁぐらいに思っていた。

　すみません、園がいきなりこう言うってことは、どうやら全国スタンダードだったみたいです。

　というわけで子供用の帽子もあって難を逃れたのだけれど、そんな風にいきなりお知らせが来るから油断ならないのである。

　しかしここへ来て、イースターが終わった。

　どういうわけか、子が通うどちらの園からも仮装のお知らせはなく、ついに春が訪れたのである。雪も溶けた。万歳！

　次はきっとハロウィンだろうからそのとき必要ならサイズの合った仮装用品を適当に買ってくればいいや、とカレンダーをパラパラめくると、意外な落とし穴、メーデーがある。

5月1日、フィンランドでは結構カラフルで派手な仮装やフェイスペイントを施してピクニックに繰り出す習慣がある。

園によっては子供ディスコなんてのもあったりするそうな。

もしこれをうちの子たちの保育園でもやると言い出したら……？

まだまだ油断ならない状況は続くのである。

花粉の季節到来

スギ花粉飛散量のピーク期を無事終えられました日本の皆様に、再び鼻の奥がむずむずするようなお話をお届けする。

私もかつては花粉症だった。日本では一番多いスギ花粉の。

日本にいた頃、市販薬はどうも合わなかったので、毎年2月ごろから漢方薬の小青竜湯を飲んで徐々に備え迎え撃ってもやはり毎年ぐずぐず、むずむず。

日本の春の思い出は美しいながらたいてい鼻水の余韻とセットだったりする。

だった、と書いたけれどももちろん治ったわけではない。

桜を恋しがって日本に一時帰国しようものならば花粉どもから大歓迎を食らってしまうし、なんなら日本で挙げた自身の結婚式も春先で、花粉やら急に飲み始めた薬やらで朦朧としていた。

つまり体はしっかりと故敵を覚えているのである。

そんなこんなで花粉の季節はなるべく日本を避けるように気をつけてもいる。

日本にさえ行かなければ箱ティッシュと月間お友達契約を結ぶ日々とはおさらば、春でもなんでも軽やかに生きていけるのだ。

ところが、そんな日本の春を彷彿とさせる刺激が、数週間前、3月の下旬に私の鼻の奥に襲いかかってきた。

何度も書いているが首都に住んでいながらどこに行くにも森を抜けていくので、その日も子供を保育園に迎えに行くべく森の中を歩いていた。

あたりにはまだ今年珍しくしっかり降り積もった雪が残っているけれど、それも徐々に溶け出して道がぬかるんでいる。

日照時間も長くなり鳥が歌い、視界に雪は入り込んでくるものの春、というのがフィンランドの春先である。

そこへ、鼻が突然むずっとした。

今ここでくしゃみしたら近くに誰もいないけど遠くに犬を散歩させている人も見えるしなんか色々時節柄アウト、と一生懸命くしゃみをこらえた。

その日はそれだけでどうにか乗り越えたけれど、翌日、まったく同じ場所で鼻がむずむずし始めたのである。

帰って調べると、フィンランドの南端に当たるヘルシンキでは全国に先駆けてハンノキの花粉が飛び始めているということだった。

フィンランドにも花粉症はある。

北海道と同じく、白樺の花粉症が最も一般的で花粉飛散量のピークは5月。

白樺アレルギーの人の割合は全フィンランド人の20%と言われていて、日本人のスギ花粉症発症率は25%らしいのでそれといい勝負ということになる。

私の身近にもやはり、白樺の花粉症で毎年時期になると抗ヒスタミン薬を飲んだり、それにも疲れ皮下免疫療法に踏み切った人もいる。

つまりみんな、日本人と同じぐらい困っている。

でも、だからこそ私自身は油断していたのである。

これまで何年も、そういえば春先に鼻がむずっとしたようなことはあったかもしれないけれど、まだまだ白樺の花粉が飛ぶような時期じゃないからきっと気のせいだ、と。

そして体質的に私もいつか白樺の花粉症にかかるんだろうけど、それはまだ何年か先なんだろうな、と。

楽観的な予想は外れ、日に日に鼻のむずむずは強くなっていく一方だし、室内よりも外出時にばっかり起こるし、白樺じゃないけれどこれはもう花粉症だろうと観念して医者に電話を入れた。

最近公立ではなくて私立の診療所が使えるようになったので（公立の診療所での体験談は『やっぱりかわいくないフィンランド』参照）、遠慮なく電話にてリモート診察とやらをしてもらい、問診だけで抗ヒスタミン薬の処方箋を書いてもらった。

わざわざ病院に出向かなくても社会保障番号を伝えれば電子処方箋情報が紐づけられ、薬局では保険証を提示して薬の代金を払うのみである。スムーズさに感心し医者の素早い対応に感謝しながらも、そういえばここまで何年も公立の診療所にしか行けず、そこに行きたくないがゆえか風邪も引かず幼少期からのアトピーでさえ治ってしまったので、この花粉症は私立の診療所に行けることになったタイミングを狙って登場してきたんだなとやけに納得した気分だった。

フィンランドで半旗があげられる時

　フィンランドの青い十字架を描いた国旗が、5月のある透き通った朝、ポールの中程まで揚げられた。

　フィンランドブルーとも呼ばれるその深い青が私に思い起こさせるのは、由来の湖でも空でもなくその人が着ていた上着の色だった。

　大きく息を吸い込んで、旅立っていったと聞いた。

　我が家のダイニングの窓からは、小さな前庭とその向こうの砂利道、それから薔薇や芝生が茂る通路を挟んで住民共用の駐車場まで見渡せる。

　住民共用の、というのは私が住んでいるのが平屋型集合住宅で同じデザインの棟がいくつも並び、約50世帯が暮らし自治体を作っているので、共有物がたくさんあるのだ。雪かきや芝刈り用の道具が詰まった倉庫。イベントに使えるコミュニティールーム。子供を遊ばせられる小さな公園。バスケットボールゴール。小さな農園。ごみ置場。

　マンション住まいよりも視界が低いせいか、またお年寄りが多いエリアのせいか、敷地内では頻繁に誰かと顔を合わせる。

引っ越してきて間もない頃のある朝遅めの朝食を取っていると、その共用駐車場の木製の柵に毎朝腰かける人がいることに気が付いた。

午前９時か少し前。

ノルディックウォーキングの杖を両手に持って、青いアウトドアジャケットを着ている年配の男性だった。

我が家の何軒先かに住む彼は、どうやらウォーキングの途中一旦そこで腰をかけて休み、敷地の外の道路へと出て行くのが日課らしい。

殺風景な駐車場に明るい青色の上着はとてもよく映えたし、彼が座っていたのがちょうどうちの駐車スペースのすぐ横だったので、彼の姿は頻繁に目に入った。

ノルディックウォーキングはスキーのポールもしくはそれに似たものを持って早足で歩くれっきとしたスポーツではあるけれど、その彼の場合はポールを杖代わりに、ゆっくりゆっくり歩いてその駐車場にたどり着く。

しかし、駐車場の柵は成人男性の腰よりも低いしあまり頑丈とは言えない作りをしている。腰かけにくそうだなぁと他人事ながら心配になった。どうせならその柵の向こうにまた芝生エリアがあるから、そこにいらない椅子でも置いてあげた方が休めるんじゃないだろうか、とも。

外国暮らしで新居に引っ越してきたばかり、赤子も抱えていた私の方がよっぽど頼りない生活をしていたので他人の心配をしている立場ではないのだけれど、この一帯はお年寄りも多く、お互い助け合う習慣を身につけつつあった。

例えばお隣に一人で住むおじいさんのドアの前まで落ち葉かきや雪かきをしたり、何か異変があったらご家族と連絡が取れるよう電話番号を交換したり。

そこでこの駐車場のおじいさんの件も夫を通じて自治体の会長に椅子を置く提案をしてもらった。

そうしたら椅子を置くよりも、と敷地内に何台かあるうちのベンチ1台を駐車場の手前の芝生エリアに移動させることとなった。自治体を当時仕切っていたのも引退済みの年配男性たちで話は早かった。その日のうちに彼らがベンチをよいしょこらしょと運んできて、それは駐車場よりもさらに我が家の前庭に近いところに収まった。

そこから、青い上着のおじいさん、アルヴァーとの交流が始まった。

アルヴァーはベンチが設置されると、早速そこで休憩を取るようになった。

敷地の外に散歩に出かけ戻ってくるときも休むようになり、ちょうど私が午前中に子供を外で遊ばせる時間とよく重なった。挨拶をすると、にこにこして「誰か賢い人がこのベンチを持ってきてくれたんだ」と嬉しそうにしていた。

我が子が子供特有の人懐っこさと大胆さで近づいていって興味深そうに杖に触っても、昔からの友人のような顔をして隣に座っても気を悪くもしないで微笑んでいる。

奥さんにも会った。ストレートの髪を肩で切りそろえサングラスをかけたキリッとした奥さんもとても聡明で感じの良い人だった。我が子と同じぐらいの歳のひ孫がいるらしく、我が子を見て2人して微笑んだり、会えばいつも名前で呼んだりしてくれた。

家に招いたり差し入れしたりなどというご近所付き合いはなかったのだけれど、敷地内で顔を合わせれば挨拶だけでなく二言三言言葉を交わす、もしくは遠くから見かければ心内でひっそりと気遣うような、静かな交流だった。

アルヴァーが休み休みでも歩いている姿を見かけると、今日も彼は元気だなとほっとし、さあもうこんな時間だ、と一日のスタートを切り遅れている自分に気が付いて居住まいを正した。

2人目の子が我が家に誕生したときも、おめでとう、と言ってくれ、ベビーカーの中で眠るふにゃふにゃの赤ちゃんを覗き込んで「この子たちもそのうちきょうだい喧嘩するようになるぞ」と笑っていた。

しかしその頃から、アルヴァーの体調が優れなくなっていった。

散歩の回数が減り、見かけない日も増えてきた。体調があまり良くない、と奥さんから聞いてからしばらくすると肺を患っているらしく、酸素ボンベ入りのリュックを背負ってそろりそろりと歩く姿を見かけた。

見かけても、感染症が猛威を振るっていた時期で距離を保って遠くから手を上げるような挨拶しかできなかった。

そのうちに奥さんから、もう今年の夏が最後だと思っている、と聞かされた。アルヴァーの姿は見かけなくなった。寝たきりになったらしい。

結局それから約1年近くが経とうという5月、アルヴァーは亡くなった。

家族もみんな覚悟はできていて何日も前にお別れは済んでおり、「静かで美しい最期」だったらしい。そう形容したのは奥さんだ。

アルヴァーは最期の瞬間、自宅のベッドで穏やかに大きく息を吸い込み、そして眠りについたのだそうだ。

彼らは55年連れ添った、ともそのとき初めて聞いた。

自分のパートナーをもう今年で最後かもしれないと心構えし、亡くした後も美しい最期だったと納得するのは、それだけ共にした歳月があれば成し得ることなのだろうか。55年は私にとっては長すぎて到底届きそうになく、想像もつかない。

アルヴァーは私にとってはただのご近所さんだった。同じように挨拶や言葉を交わすご近所さんは何人かいるし、彼らの葬式に参列することもないだろう。

それなのにアルヴァーが亡くなったと聞いて、私は涙を流した。身内の訃報のように泣いて、夫を狼狽させた。アルヴァーと奥さんの過ごした年月に泣き、亡くなった翌朝のフィンランドの5月の光溢れる美しさに下唇を噛み、美しい最期だったという奥さんの言葉に、アルヴァーが最期に吐き出せなかった息を細く長く吐き出した。

フィンランドに暮らしてから、誰かを亡くすのは考えてみれば初めてだった。

この国にはいまだに各家庭もしくは集合住宅ごとに掲揚ポールがあり、祝日になると国旗を掲揚し、人が亡くなると半旗を揚げる習慣がある。

アルヴァーのお葬式の日にも当然、敷地内のポールに半旗が揚がった。近所の人たちが、見上げていた。その理由がわかっている人もいれば、まったくわからない、アルヴァーのことさえ知らない人も自治体内にはいるだろう。それでも半旗がなんなのかはみんな知っている。

旗を揚げるなんて古臭い習慣だなぁ、日本の戦時中みたいだなぁと移住以来何年も感じていた私の中に、旗を揚げるその意味が、するすると落ちてきた。

この半旗を見てほしい。このご近所の中で生きていた誰かの命が途絶え、それをまた別の誰かが悼んでいる。ご家族だけではなく、旗を見た皆がその気持ちを共有して悲しみの底に一瞬でも足をつけるといい。そののちすぐに浮上して生きていくのだとしても。

弔意を表すフィンランド語に“otan osaa”という表現がある。

直訳すると「役割を担う」「一部を取る」となる。相手の悲しみや喪失の一部を私が負担しますよ、という追悼の表現が温かくて、私はまた長い息を吐く。

長寿大国のしあわせの秘訣？

日本は言わずと知れた長寿大国だけれど、フィンランドのお年寄りもまた元気だ。

まず前提として、フィンランドでは子供が18歳前後で独り立ちする。学生のうちは資金が乏しくとも友達や恋人とルームシェアするので、親と住み続けるという選択はほぼないに近い。もし成人以降何年経っても親と同居していると言えば何か事情があるんだなと察してもらえ周りが黙る、そのぐらいのインパクトがある。

それゆえ親も子供に老後の面倒を見てもらおうなどとは考えず、貯金と年金とをやりくりして定年退職後も自立し続けられる。離婚家庭が多いフィンランドでは高齢男性の一人暮らしも多いが、家事ができないのを理由に家族の誰かに同居を迫るなどということもない。男性も女性も、簡単なものでも料理し家計をやりくりし自立しているのである。

例えばかつて我が家の隣人だった一人で住む足の悪いおじいさんは、家事が困難なので週に数回市のサポートにより無料のクリーナーが派遣されてきて、食事も週2で配達が来る。毎週週末になると車で1時間ほど離れたところに住んでいる息子さんかお嬢さんが会いに来

ているけれど、それ以外は一人。雪かきや落ち葉かきは我が家がついでにやってしまうし、高齢者施設に入るよりも自分の慣れ親しんだ家の方でできるだけ長く暮らそうとしているのがよくわかる。

行政の手続きも社会保障番号やそれに紐づくネットバンクアカウントで済んでしまうので、お年寄りが役所に何時間も並ぶこともなければ、なんならみんな自治体のパソコン講座に通ったりしてネットを使いこなしている。自治体主催の無料もしくは低額の各種講座があるのもこの国のすごいところで、社会人はもちろん、定年退職した人も語学やＩＴ、趣味など幅広く学んでいる。

例えば我が義父はいまだにスマートフォンを持たず古い携帯電話を好んで使っているけれど、それは彼が機械に弱いのではなく、最新式のiPadを使っており電子新聞の購読も動画視聴もそれでできるからスマホはいらない、というだけだ。

そんなフィンランドのたくましいお年寄りたちの中でもひときわ異彩を放っている、もとい、多才な方を今日は紹介したい。とはいっても有名人ではなく、一般の方である。

ケイヨ・ペンッティネンさん75歳。

彼について何から説明すればいいのかわからない。定年退職する以前は、市立病院の施設員をしていたそうだ。その傍ら、アコーディオン奏者としても活躍し、しばしばステージに立っている現役のミュージシャンでもある。

その他にも油絵が趣味で、特に月をモチーフにしたフィンランドの風景画がとても美しく、彼の家に遊びに行くと壁に飾られたその絵たちに私はいつも見とれてしまう。

ひょんなことで知り合ったケイヨさんだが、初めてご自宅に遊びに行った際、まずアコーディオンの腕前を披露しリクエストまでたずねてくれ、それから自身の絵と、地下にあるアトリエを見せてくれたのをよく覚えている。

ミュージシャンで絵も描ける、それに体も鍛えており今も日課の散歩と筋トレは欠かさないと聞いてそんなスーパー人間がいるのか、と驚いたものだ。

しかしそのあとだった。彼のさらなる能力が発揮されたのは。

ご自宅でお茶をごちそうになりくつろいでいると、彼はおもむろに大きなわっかを数本、どこからか取り出してきた。フラフープである。

フラフープにお目にかかるのは小学校以来で最初は何かわからなかったぐらいなのに、ケイヨさんはいきなり居間でそれを回し始め、お茶のおかわりを出すかのようにこちらにも勧めてきた。聞くと毎日庭で、居間で、練習しているという。あるときは6時間もフラフープをしていたというから、よくそんなに飽きないねぇと驚くと、飽きないいんじゃなく落ちないから回し続けただけ、と事も無げに言ってのける。

つまり、何時間も練習していたというだけじゃなく、一度もフラフープを落とさずに回し続けていたのだ。回しながら話したり歩いたりはもちろん、水を飲む、などもできる。

それも彼のフラフープを回す姿を見ると納得がいく。初心者と違って上半身は動かず、急ぎもせず、本人のお人柄そのものになんとも穏やかに回しているのだ。これについては地元新聞が取材に来た際の動画が残っている。

一度なんて、通りに面した庭でパートナーと2人して歩きながらフラフープをしていたら、パトカーが不審がって停車し見物していったこともあるという。

その後、会うたびに「この前は7時間」「8時間」と自己記録を更新し続けるものだから、これはただごとじゃないぞ、と本人に勧めてギネス世界記録への登録申請を出しているところである。しかしギネスの審査は時間がかかり、そうこうしているうちについに10時間超えをも記録してしまった。

今はフラフープを回しながらアコーディオンを弾く練習もしているのだそうだ。

フィンランドには、と大きくくくってしまうと語弊があるけれど、私の周りには、こんなユニークな人々が少なくない。

宝物が割れた

先日、おとなげなく我が子を叱った。自分ちょっとしつこいかもと、たっぷりお説教をしながら内心では反省会も同時進行していて忙しいことこの上なかったのだけれど、顔だけはしっかりと怒っておいた。大人を何年もやっていようとも、おとなしく我慢できることとそうでないことははっきり分かれていて、子供相手であろうとなんでも譲れるわけじゃないのだ。

事の発端は、カップが割れた、それだけだ。

子供が割った。癇癪（かんしゃく）の末にテーブルにガンガン打ち付けて床に放ったのだから、そりゃ割れる。亀裂が入って使えなくなった。

幼い子供は、癇癪を起こす生き物である。それもわかっている。

前にiittalaのプレートも同じように割られてしまったことがあり危ないよね、と子供が使う食器は極力プラスチック製のものに変えた。

プラスチックだから割れないだろう、というわけではないけれど、万が一割れた際、陶器やガラスよりは安全だろうと思っていたのだ。

そんな頃ちょうど、義父からお下がりでプラスチック製のコーヒーカップ5客セットをもらった。

義父はちょっとしたアンティーク好きで、知識のない私には価値がよくわからないけれどアラビアのレアなお皿をかつては集めたり、数百年前の聖書を持っていたりと、一言で言ったら古いもの好きのマニアである。

新しいものを不用意に買わず古いものを大事にしているので、彼の家の中は美術館にいるような落ち着いた雰囲気に満たされている。

その義父が最近、遊びに行くたびにものをくれる。特に一人暮らしの彼が使わなくなった食器のセットなんかはうちに回って来やすく、今まで何十年も所有していたものを譲るというその行為と彼の年齢の因果関係を否応でも考えさせられる。

そうやって譲り受けたものの中でも特に、いつも遊びに行くたびに彼のリビングで音を響かせていた古い振り子時計までもが我が家にやって来たときは、信頼して譲ってくれたことに感謝を覚えると共に勝手に感傷的にもなったものだ。

そんな風に、件のカップもやってきた。

今はなきSarvis（サルヴィス）社製のものだ。色はベージュ。

最初はプラスチック製なんて電子レンジも使えないしうちは使うかなぁなどと思っていた。それが子供に使わせるのにぴったりで、テーブルの上においても安っぽさを感じさせない、もっと言うとプラスチックだと気付かせない独特の艶がある。

更にのちにうちを訪れた人に、このSarvisの食器類はもう製造されておらず（Orthex社がブランド名を受け継いでいるものの）コレクターが急増していると聞いてからは、単純なもので愛着が湧いてきたのだ。

というわけで子供の食事のお供にカップに牛乳や水を入れたり、ソーサーにフルーツを盛ったりしていたのだけれど、そのうちの1つ、カップを割られてしまったのである。

たかがプラスチックのカップだ。子供が怪我しなかったからいいじゃないとか、癇癪の方を心配すべきだとか考え方はいろいろあるだろう。

だけどこのカップは、だ。義父が持っていたということは、夫もその兄弟も子供時代に使っていたのだ。家族のピクニックで。キャンプで。はたまた庭でのお茶会で。アクティブな家族だったからきっと大活躍していたのだろう。

その思い出の品を、孫がいつか使うだろうと大事に保存したのち譲ってくれたのに、当の孫本人が壊してしまうなんて。

壊されたのがiittalaのテーマ（Teema）というお皿だったときは、価格自体はそちらの方が上にも拘わらず私は気にしなかった。ロングヒット商品で、いつでも買い足せるからだ。だけどSarvisのカップはもう手に入らない。運良く中古で見つかったとしてもそれは義父がくれたものじゃない。

そして私自身には、子供にそうやって語り継げるような思い出の品は、ほぼない。フィンランドに移住するときにほとんどのものを手放して来たからである。

そういう生き方をしてきた自分は潔くて好きだけれど、だからこそ夫の家族みたいな形もまた羨ましい。

子供にしてみればそんな家族の歴史なんて知ったこっちゃないが、つい、初めて、幼い子供に対してそんな事情を語り始めてしまった。これはおじいちゃんがあなたのために大事にとっておいてくれたものでね、物を大事にするっていうのはすごく素敵なことなんだよ、と、まるで亡き人を語るかのような勢いで。

最終的に子供は珍しく耳を傾けてしゅんとしていたからわかってくれたようだけど、義父はもちろん健在だ。こんな思い出語りばかりしていないでさっさと会いに行こうと思う。

おわりに

フィンランドが「しあわせな国」だとする声の中には、しばしば「仕事が16時に終わってそのあとは家族との時間を大切にする」というおとぎ話が登場する。

私自身この本の中で15時半には帰路に着くと書いてしまったから、まあだいたいその通りの生活を体現しているのだけれど、でも実際の「フィンランドの人々」の生活はその「しあわせな国」として語り継がれ、イメージされているほどゆったりはしていない。

第一に、仕事が早く終わるのは早起きして早く仕事を始めるからだ。それだけで、なんのからくりもない。冬の間の通勤なんて夜中と同様真っ暗で悲惨である。

仕事を早く始められるのは平均通勤時間の短さもあり、首都同士のそれを比較した場合、東京では片道51分、ヘルシンキでは26分と東京の約半分である。東京で長年暮らしていた身としてはこの街の小ささに感謝はしている。しかしもちろん都市としての規模がまったく違うので単純比較はできないし、「さあ明日から日本のみんなも早起きして早朝出勤しましょう」などと言いだすと単に日本人労働者の睡眠時間を削るだけだからやめておいた方がいい。

そして16時に仕事を切り上げるのは保育園が16時半とか17時に閉まるところが多く、絶対遅れるわけにもいかず、慌ただしく迎えに行く必要があるからだ。子供が学校に上がってからは日本と同様「小1の壁」があり、もっと早く授業が終わって子が帰って来ることもあるし、早めの夕飯を食べさせて習い事にも連れて行かなければならないし、親が付きっ切りでみる前提の多い宿題も監督しなければならないし、そうゆっくりもしていられないのである。

16時に仕事が終わらない人たちももちろんいる。シフト制で働く職種はもちろんのこと、他国との時差に合わせて働く人、フリーランスの仕事中毒者、人手不足で残業ばかりの人、ダブルワークしないと生活できない低所得者など様々だ。

この本の原稿を読み返している最中も、それは金曜日の昼間だったが、とあるシステムを売る会社の営業担当にメールをした。急ぎ確認したいことがあったのだけれどそれはメールの文面には出さず、ちょうど1週間のスキー休暇と呼ばれる冬休みの真っただ中で、平日とはいえ誰も働いていないだろうな、返信は来ないだろうなとはなから諦めていた。だってフィンランドである。

はたして返信は来た。それも金曜日の23時に。

驚きつつも内心感謝しすぐに返信をすると、またすぐに返信が返って来る。週明けの打ち合わせをセッティングしようとすると、「残念ながら今北極圏にいる」とのことだったので、きっと休暇の最中だったのだろう（スキー休暇の伝統的な過ごし方は、北へ行って、文字通りスキーやウィンタースポーツに勤しむのだ）。

休暇中にも仕事のメールを返すなんて熱心な人ね、とは思えなかった。それどころか、「この会社のシステム使おうとしたけどやめておこうかな」という考えさえ頭をよぎる。休暇中の、しかも金曜の夜中に従業員に仕事をさせている会社なんてろくなもんじゃないな、と。

つまり何が言いたいかと言うと、私のようにデスクワークをしている人間が、「フィンランドって仕事が早く終わって助かるのよね」などと声高に叫んでいたとしても、信用してはいけない。その陰で、同じ国で、休暇中でも夜中でも働いている人はもちろんいるのである。そしてそれが本人の希望に沿った働き方かどうかはさておき、冷ややかな目で見る人も一定数はいる。

さて、私が長年大っ嫌いだった言葉に「フィンランドに生まれるのは宝くじに当たるようなものだ」という表現がある。

誰がそんな厚顔無恥なことを言ってのけるのかと言うと、フィンランド国民自身である。これには大げさではなく驚愕した。あんたら、シャイとか言われてなかったっけ？

それから怒りも覚えた。じゃあフィンランドに生まれなかった私ははずれだって言うのだろうか？　生まれたときから宝くじにはずれているって？　夫に食ってかかりもした。

それから何年か経ち、やがて日本でも「親ガチャ」「国ガチャ」などという言葉が定着した。それらの言葉に対する嫌悪感や違和感はあれど、生まれを運で量るという考え方があるのは徐々に理解した。

そしてフィンランドでのこの言葉の使われ方を顧みると、実際この言葉はフィンランド以外の国の人を貶めようとするために使われているというよりも、フィンランド人自身の自尊心を高めるために呪文のように唱えられていると私は受け入れるようになった。

確かに、フィンランドのパスポートは日本やシンガポール、韓国のパスポートと同じぐらいに強いし、私自身は移住後何年も重きを置いていなかったが自然災害がごくごく少ないという点もその正反対の国から長く離れた今なら幸運のひとつだと思う。フィンランドの話になると「でも徴兵制があるじゃん」とつっついてくる人がいるけれど、私自身、徴兵制はいざというときに国を守れるという安心材料として見ているので気にしておらず（自身の子供がいつか徴兵されるというのはまた別問題として）、国民全体を見ても自国の自衛力を誇りに思っている人の数の方がはるかに多いのだ。また、家庭の経済状況や年齢に関係なく学びや就労の機会が平等に与えられているというのも幸運なことの理由の一つによく挙げられる。

ただしこの宝くじに当たるようなものという「幸運」や「幸福度ランキング」における「しあわせ」は、個人の「しあわせ」とはまた異質なものだと私は見ている。

国連機関SDSNによる世界幸福度ランキングは、「GDP」「社会的支援」「健康寿命」「人生の選択の自由度」「他者への寛容さ（過去一か月の寄付の有無）」「政治の透明度など腐敗認識指数」によって決定される。

それらの数値が高いというのは、まあいいことだとは思う。特に政治における透明度なんかは日本から来るとただ羨ましく頼もしい限りである。

しかし「宝くじに当たったようなもの」という生まれを持ち、「人生の選択の自由度」や「社会的支援」の手厚さにも拘わらず、いまいち「絵に描いたようなしあわせ」をつかみきれずにこの世や政治やその両方を恨むフィンランド人も幾人か見て来た。機会が平等に与えられている、ということになっているからこそ、そこから外れてしまった人々は自身を責めて精神的に落ち込みやすくもなる。「当たりの生まれ」や「しあわせな国」が呪いのように彼らの精神を蝕むのである。

それを考えると、押しつけがましい「しあわせな国」論なんて、なくなってしまえばいいのにと思う。

これまで私が出会ってきたフィンランド人は今のところ、それほど「幸福度ランキング」を気にしている風ではないし何かの間違いだと鼻で笑っている人の方が多いが、どこか熱狂的に外野に語られるこの「幸福度」や呪詛になりかけている「当たりの生まれ」が将来自分の子供たちに圧を与えないことを願って、ある意味人様にとってはどうでもいい、肩の力の抜けたようなフィンランドの日常を綴り続けている次第である。

本文デザイン　古田雅美
本文イラスト　赤羽美和

この作品は幻冬舎ｐｌｕｓの連載「フィンランドで暮らしてみた」（二〇二〇年十二月〜）を加筆修正し、書き下ろしを加えて再編集した文庫オリジナルです。

幻冬舎文庫

●好評既刊
芹澤 桂
ほんとはかわいくないフィンランド

気づけばフィンランド人と結婚してヘルシンキで暮らしてた。裸で会議をしたり、どこでもソーセージを食べたり、人前で母乳をあげたり……。「かわいい北欧」の意外な一面に爆笑エッセイ。

●好評既刊
芹澤 桂
やっぱりかわいくないフィンランド

たまたまフィンランド人と結婚して子供を産んで、ヘルシンキに暮らすこと早数年。それでも毎日はまだまだ驚きの連続！「かわいい北欧」のイメージを覆す、爆笑赤裸々エッセイ。好評第二弾！

●好評既刊
芹澤 桂
意地でも旅するフィンランド

ヘルシンキ在住旅好き夫婦。暗黒の冬のフィンランドから逃れ、日差しを求めて世界各国飛び回る。つわり、子連れ、宿なしトイレなし関係なし！馬鹿馬鹿しいほど本気で本音の珍道中旅エッセイ！

●好評既刊
小川 糸
昨日のパスタ

ベルリンのアパートを引き払い、日本で暮らした一年は料理三昧の日々でした。味噌や梅干しなどの保存食を作ったり、お鍋を愛でたり。小さな暮らしの中に流れる優しい時間を綴った人気エッセイ。

●好評既刊
益田ミリ
今日のおやつは何にしよう

バターたっぷりのトーストにハマり喫茶店に通ったり、買ったばかりのレモン色のエプロンをつけて踊ってみたり。なんてことのない一日。でも、できればハッピーエンド寄りの一日に。

それでもしあわせフィンランド

芹澤桂（せりざわかつら）

令和5年4月10日　初版発行

発行人――石原正康
編集人――高部真人
発行所――株式会社幻冬舎
〒151-0051東京都渋谷区千駄ヶ谷4-9-7
電話　03(5411)6222(営業)
　　　03(5411)6211(編集)
公式HP　https://www.gentosha.co.jp/
印刷・製本―中央精版印刷株式会社
装丁者――高橋雅之

幻冬舎文庫

ISBN978-4-344-43287-1　C0195　せ-7-4

この本に関するご意見・ご感想は、下記アンケートフォームからお寄せください。
https://www.gentosha.co.jp/e/